愛經典

閱讀經典，成為更好的自己。

小公務員之死

契訶夫經典小說集

Антон Павлович Чехов
安東・巴甫洛維奇・契訶夫──著
路雪瑩──譯

緣起

愛經典

卡爾維諾說：「『經典』即是具影響力的作品，在我們的想像中留下痕跡，並藏在潛意識中。正因『經典』有這種影響力，我們更要撥時間閱讀，接受『經典』為我們帶來的改變。」因著經典作品獨具的無窮魅力，時報出版公司特別引進「作家榜」品牌母公司大星文化策劃的「作家榜經典名著」，推出「愛經典」書系，期能為臺灣的經典閱讀提供最佳選擇。

這一系列作品，已出版近百本，累積良好口碑，榮登各大長銷榜。這些作家都經時代淬鍊，作品雋永，意義深遠。我們所選的譯者，許多都是優秀的詩人或作家，譯文流暢通順好讀，更能傳遞原創精神與文采意涵。因為經典，時報特別對每部作品皆以精裝裝幀，更顯質感，絕對是讀者閱讀與收藏經典的首選。

現在開始讀經典，成為更好的自己。

目次

導讀

變幻世事中的恆常人性

安東．巴甫洛維奇．契訶夫是俄國十九世紀最重要的作家之一，與法國的莫泊桑和美國的歐．亨利並稱為世界短篇小說三傑。契訶夫是一位深受各國讀者喜愛的作家，也是一位對二十世紀文學產生了深遠影響的作家。

文學地圖中的契訶夫

契訶夫一八六〇年出生於俄國南部羅斯托夫省塔甘羅格市，他的祖輩為農奴，一八四一年其祖父為全家贖身，在全俄取消農奴制之前二十年獲得了自由。契訶夫的父親在塔甘羅格經營一家雜貨店，後因經營不善而破產。在契訶夫十六歲的時候，其父避走莫斯科，家人也追隨而去，他和一個弟弟被留在故鄉，他一邊完成中學學業，一邊變賣家裡的東西，籌錢寄往莫斯科，幫助家裡維持生活。一八七九年，契訶夫中學畢業進入莫斯科大學醫學系，從一八八〇年開始發表作品，賺取稿費貼補家用。

契訶夫早期寫作主要是出於經濟方面的考慮，他以契洪特等為筆名，寫得很快，多是幽默諷刺類的小故事，甚至寫過笑話。作品品質有高有低，但已經顯示出機智詼諧的特色和善於講故事的才能。由於豐沛的寫作才能，契訶夫最終走上了專業作家的道路，並未以行醫為主業。

結核病早早地奪去了契訶夫的生命，他去世時只有四十四歲，所以他的創作生涯並不長，不過二十餘年。但是他一生勤奮寫作，充分發展自己的天分，為世界留下了相當豐厚的文學遺產，從而超越死亡，進入了不朽。

談到契訶夫，就不能不談整個十九世紀的俄羅斯文學。十九世紀被稱為俄羅斯文學的「黃金時代」，更確切地說，是「黃金世紀」，因為這個世紀俄羅斯文學的發展是一個相當完整又轟轟烈烈的過程，令人目不暇接，深深震撼。

十九世紀初，普希金元氣充沛、全面開花的創作是黃金世紀的肇始，為其後的俄羅斯文學鋪展出一片寬廣的空間；普希金去世後，萊蒙托夫緊緊跟上，中經以果戈里、屠格涅夫為代表的作家群體全方位地開發深耕，終於烘雲托月似的聳立起托爾斯泰和杜斯妥也夫斯基這兩個世界文學的高地，俄羅斯文學亦進入到巔峰狀態。

而契訶夫好像處於高山的另一側，或是一系列偉岸山峰的餘脈。契訶夫是一個完整的文學世紀的收束者，同時他的作品本身已經成為下一個世紀文學新潮流、新樣式的濫觴，具有二十世紀文學的某些特點了。在契訶夫之後，俄羅斯文學景觀大變，先是興起了迥異於「寫實主義」的、流派紛繁的現代文學，史稱「白銀時代」，後來隨著歷史大勢的扭轉，進入了「蘇聯文學」時代。

在文學史的鏈條中，每一位重要的作家既受到傳統的影響，其自身也必定有另闢蹊徑之處，從而成為新傳統的發明者，對後來的文學產生影響。但是傳統與影響好像空氣一樣是看不見、摸不著的，更多地體現為氣氛或啟發，而不是模仿和類似。契訶夫對於二十世紀文學的影響應該也主要是以間接的形式實現的。首先是世人對他的喜愛程度，無論是在中國讀者中還是在外國作家中，喜愛契訶夫的比例都是相當高的。例如海明威就十分推崇契訶夫，而海明威的作品對歐美小說，特別是短篇小說的影響是相當明顯的，所以是否可以說，契訶夫間接地影響了二十世紀的歐美文學？

從敏銳的諷刺者到溫和的描述者

契訶夫創作生涯本身的階段性演變是很清晰的。應該說，他剛開始給一些所謂「輕雜誌」投稿的時候，並沒把寫小說當作很嚴肅的事業，而只是當作解決經濟問題的手段。〈小公務員之死〉、〈胖子和瘦子〉，以及〈變色龍〉就是這個時期的作品，它們之所以廣為人知（特別是在中國），是因為讀者從中挖掘出了所謂的「社會批判意義」。

我認為，作為契訶夫早期作品的代表，我們似乎更應該注意到這樣一些特點：由於誇張造成的喜劇效果，對細節的靈敏捕捉和生動再現，對人性弱點的洞察——當然，對這些弱點的思考可以導致對「社會」和「制度」的反思，但畢竟「奴性」也差不多是一種「固有」的人性。所以，在這些看似簡單的「小品」中，已經包含了契訶夫日後成長為大作家的基本要素。在成熟期的作品中，〈套中人〉比較多地保留了誇張、嘲諷的風格，而對人性的弱點甚至可悲的展現則更深刻、更充分了。

在寫了最初的一批滑稽小品和遊戲之作之後，他的作品中已經出現了現實批判和社會關懷的內容。隨著現實關懷成分的日益增長，其寫作亦逐漸成熟，形成了清晰而獨特的風格，契訶夫終於成為短篇小說藝術的大師。

我很喜歡契訶夫從早期過渡到成熟期的作品，這些作品篇幅不長，差不多不再出現「逗笑」的因素，也沒有宏大的話題和深奧的思辨，從這些作品中特別能感受到契訶夫「善解人意」的特點。從〈鋼琴師〉到〈凱西坦卡〉等都屬於這個時期、這一類型的作品。在這些作品中，每個故事都很單純，意味並不複雜，也很容易體會和理解，它們各自從某個側面描摹人性的缺陷或局限，憂傷、孤獨和無奈等心理感受，以及命運的無法掌控、死亡的不可避免，等等。在這些作品中，作家的細膩體察是通過不動聲色的敘述「滲透」出來的，讓讀者自行體會，心有戚戚。

我特別喜歡的是這些作品不設門檻，沒有障礙，易於理解。作者對他的人物懷有同情與包容，悲憫與諒解，作品籠罩著淡淡的憂鬱或濃郁的憂傷，卻點到為止，絕不濫情，正是「怨而不怒，哀而不傷」的尺度。

契訶夫創作後期一些比較單純的作品，如〈古謝夫〉、〈羅斯柴爾德的小提琴〉、〈在大車上〉也屬於這一類，不過藝術手法上更加成熟，表達更加含蓄，思慮更加深沉；而〈跳來跳去的女人〉、〈脖子上的安娜〉篇幅略長，故事的曲折開合大一些，人物的命運也發生了急劇轉折，但心理的動機和邏輯都不超過人之常情的範圍，講的也是日常的、被重複無數次的故事。這些故事都是一些「小製作」，結構精巧，觀察精微，勾畫精確，好像多稜鏡一樣，讓我們從一個個場景和故事中照見自己和似曾相識的他人，領悟人性中普遍共通的元素，看到命運對人的播弄。總之，細讀這些作品，可以令人生出悲憫之心。

兒童、動物和大自然是契訶夫作品中最明亮的元素。契訶夫對兒童和動物的描寫中流露出單純的無保留喜愛，那天真且未經汙染的生命原初狀態給成年後的人生帶來莫大的撫慰和治癒，而像萬卡這樣被摧殘的兒童則令人心碎。在契訶夫的作品中，另一個常常撫慰人心的元素是大自然。雖然契訶夫也會描寫自然的嚴酷和壓迫，但是他更多地描繪自然的安詳、寧靜、深邃、寬廣。契訶夫是大自然的愛好者，尤其喜愛釣魚，他對自然的細膩體驗和描寫自然的高超筆法與屠格涅夫異曲同工，而且在他的作品中，大自然帶有某種泛神論式的靈性，彷彿是人的精神家園和靈魂庇護之所，令人生出天地悠悠的曠遠之思。

但契訶夫已經敏銳地察覺到了自然遭遇的危機，人類活動（工業化及現代生活方式）對自然的破壞已經開始，契訶夫在多篇小說中都對此有所涉及，最為突出的是〈蘆笛〉一篇，小說中表達的對大自然命運的憂慮其實就是對人類命運的憂慮。契訶夫早在一百多年前就表達了對自然環境的憂思，令人佩服他的先見和先進，其後一個多世紀中發生的事情不幸證實了作家的預感，而這場巨大的災難還遠未結束。

描摹時代的守夜人

在小說創作日漸成熟之後，契訶夫開始越來越多地投入新型戲劇創作的嘗試。契訶夫對戲劇有著自己的見解，在〈沒意思的故事〉中曾對舊的戲劇形式進行批評和嘲諷。但契訶夫對新型戲劇的探索開始得並不順利，《海鷗》的首演沒有得到觀眾的認可，而且幾乎引起了一場騷亂。好在契訶夫在斯坦尼斯拉夫斯基的鼓勵下堅持了自己的風格，並逐漸為觀眾所接受。到了創作末期，戲劇代替小說成為契訶夫創作的重心，他在生命最後階段完成的《三姊妹》和《櫻桃園》是世界戲劇史上里程碑式的作品。

一八九〇年，契訶夫的生命中發生了一件大事，這一年他不顧身體的病弱和親朋的勸阻毅然遠行，前往作為流放地的遠東薩哈林島進行考察，四月出發，一直到年底方回。契訶夫的這個行動，表明他已決心擔負起一個嚴肅作家的社會責任，可以看作其創作進入成熟期的標誌。

進入成熟期之後，契訶夫的作品變得有些複雜、沉重，有的甚至陷入晦澀，特別是一些涉及「體制」和「社會」問題的作品，也許因為時過境遷，令人很難追索各種互相爭執的主張的理路和是非。例如〈沒意思的故事〉、〈第六病房〉，以及〈有閣樓的房子〉都有著時代的烙印，也是在藝術上比較成功的篇什，其中〈第六病房〉由於完美的寓言結構，堪稱傑作。如果從「寫實主義」的角度，把這些作品當作現實的鏡子，那麼也許可以通過它們觀察十九世紀的俄國走向近代化、嘗試建立現代國家和現代社會的進程，我們會發現這個進程並不順利，甚至有陷入泥潭或走到死巷子的趨勢。

契訶夫的後期小說氣氛變得有些灰暗、沉悶，這是因為他對人物的生活環境和生活方式抱著嚴重否定的態度。婚姻生活的沉悶無聊（〈文學老師〉），與婚姻制度相衝突的愛情的艱難無望（〈關於愛情〉、〈帶小狗的女士〉），主人公「閉環式的」精神「繭房」（〈套中人〉、〈醋栗〉、〈寶貝〉），不同社會階層之間的嚴重隔閡（〈新別墅〉），都是沉悶窒息的現狀的表徵。

外省小城是很多故事的背景（〈第六病房〉、〈文學老師〉、〈寶貝〉、〈未婚妻〉等等）。對小城生活的描寫，最具代表性的是〈約內奇〉。這篇小說描寫的是一個人在小城度過一生而最終「陷落」和「異化」的過程，著力描摹小城人物那種循環單調、了無新意、附庸風雅、淺薄自足的精神狀態。戲劇中，《三姊妹》集中表現了外省的窒息，全劇籠罩著揮之不去的陰鬱之霧。

在契訶夫晚期作品的以灰色為主調的世界中，只有那些年輕的、不諳世事的、幻影般稍縱即逝的「愛情」留下了幾抹柔美的亮色（〈文學老師〉、〈有閣樓的房子〉、〈約內奇〉）。

契訶夫敏銳地感受和捕捉到時代的脈搏，不露聲色、平平淡淡地渲染出一種無形又無所不在的壓抑、灰暗的氣氛，或隱或現地表露出對時代劇變的預感。

有的人物試圖衝破晦暗的現實，擺脫精神的疲軟癱瘓，找到生命的意義，同時為社會尋找出路，拯救蒼生。這是俄國知識分子中激進的一脈。〈有閣樓的房子〉中麗達改造社會的熱情和自信，《三姊妹》中伊琳娜對高尚而有意義的生活的追求，都體現了這部分知識分子心靈的真誠和純潔。但尤為值得注意的是〈未婚妻〉中的薩沙和《櫻桃園》中的特羅菲莫夫，這兩個人物熱情洋溢，高尚純潔，針砭時弊，臧否人物，各自啟蒙了一名年輕純潔的女性，指引她們投入新的生活，預言了新時代的到來。然而他們自己卻是不折不扣的失敗者，不僅貧困潦倒，無以為生，而且顯然是語言的巨人、行動的矮子，表現出一種對個人生命很懶散、很不負責任的態度。凡此種種，恐怕都是當時社會上真實人物的寫照。

契訶夫的最後一篇小說〈未婚妻〉和最後一部戲劇《櫻桃園》，具有標記時代的象徵意義，它們宣告了貴族舊家的徹底沒落和瓦解，同時各以一位年輕的女性來代表光明、希望和未來，喊出了「你好，新生活」的樂觀、高亢的呼聲，也算是契訶夫與這個世界告別時對於新世紀的祝福。但這也許是「勉力的樂觀」，因為縱觀契訶夫的作品，可以看到他的主調是灰暗沮喪的，他總是消解和否定所有的濫情和激昂，從來都不給出確切的答案和圓滿的結局。

也許因為糟糕的健康狀況，契訶夫很早就試圖一窺死亡的內幕，在〈沒意思的故事〉、〈古謝夫〉、〈第六病房〉中都對這個問題有很多思索。契訶夫最後的作品之一〈主教〉用平靜的筆觸描寫了人走向死亡的過程，也可以看作契訶夫自己正在與生命告別，雖依依不捨，但畢竟是落花流水、無可奈何的事。

最後，〈黑修士〉和〈大學生〉都具有宗教的色彩。〈大學生〉描寫的是瞬間的宗教體驗（所謂「大學生」其實是宗教學院的學生）；〈黑修士〉則比較複雜，可以從多方面解讀，其中涉及幻覺、命運，帶有某些神祕色彩，也包含諸如學術的意義、「超人」的權力和使命等抽象思考。巧合的是，十年之後，契訶夫自己和這篇小說的主人公一樣，是在異域的療養地辭世的。

契訶夫一代的俄國知識分子，總的來說，接受的是現代人文主義的教育，崇尚理性和科學，離宗教比較遠，但是人生的大困惑，以及世界的大問題，在離開宗教之後似乎難以得到令人信服的解答，大概這就是屬於二十世紀的迷惘，是現代主義文學藝術滋生的土壤。契訶夫的小說中那種無出路感和荒誕感已經透露出時代的普遍情緒或精神危機，而對於俄國大變動的預感，對於未來的隱隱不安和勉力樂觀，正是俄國十九世紀政治、社會、文化和文學進程的順理成章的終結。一個天翻地覆的新世紀已經初露端倪，契訶夫就是在這個時候告別了他所留戀的人間。

從藝術上來說，契訶夫的小說猶如繪畫中的早期印象派，已經表現出對傳統範式的若干背離，但仍有清晰的描摹對象，是有跡可循的，這使得他的作品容易進入，富於啟發，能得到廣泛的認同，至今保持著在文學史上的尊貴地位。

以上是我個人對契訶夫作品的一些體會，相信讀者在閱讀中會獲得自己的心得。我認為，閱讀是個人的行為，是讀者與作品之間的事。讀者或許能夠在閱讀的時候跨越時空與作者相會，或心有戚戚，或獨有妙悟，或讚歎感動，或爭辯反駁。不過對於作品的解讀和批評，並沒有標準答案。在這個問題上，我抱著與契訶夫相同的相對主義的態度。

二〇二〇年十一月二十五日

小公務員之死

在一個很好的晚上，一個同樣很好的庶務官伊萬・德米特里奇・切爾維亞科夫坐在劇院正廳的第二排，舉著望遠鏡看《格爾涅維勒的鐘》[1]。他看著戲，心情非常好。可是突然間……在小說中經常有這個「可是突然間」。那些作者是對的：生活中充滿著意外！可是突然間，他的臉皺了起來，眼珠向上翻，呼吸停頓……他把望遠鏡從眼前拿開，弓起身子，然後……哈啾!!!您看到了，他打了個噴嚏。不管在哪裡，打噴嚏的人都不會挨罵。農民也打噴嚏，警察局局長也打噴嚏，甚至三品文官有時候也打噴嚏。大家都打噴嚏。切爾維亞科夫一點都沒感到難為情，他用手帕擦了擦嘴，然後，作為一個有禮貌的人，環顧四周，想看看自己的噴嚏是不是打擾了別人。可是這下子他不安起來。他看見坐在他前面，也就是正廳第一排的一個小老頭正用手套用力地擦他的禿頭和脖子，嘴裡在嘟囔著什麼。切爾維亞科夫認出這個老頭是交通部的文職將軍普里茲查洛夫。

1 一齣三幕小歌劇。

「我把口水噴到他身上了！」切爾維亞科夫想，「他不是我的上司，是別的部門的，但還是不好。得道歉。」

切爾維亞科夫清清喉嚨，探身向前，在將軍耳邊小聲說：

「請原諒，大人，我打噴嚏時噴到您了……我不小心……」

「沒關係，沒關係……」

「看在上帝的分上，請原諒。我……我不是故意的！」

「噓，請您坐回去吧！讓我看戲！」

切爾維亞科夫討了個沒趣，傻笑著，繼續看戲。他看著戲，可是已經沒有心情了。他開始感到焦慮不安。中場休息的時候，他靠近普里茲查洛夫，轉了半天，才鼓起勇氣囁嚅地說：

「我打噴嚏時噴到您了，大人……請原諒，……我……那個……不是……」

「哎呀，夠了……我已經忘了，您還沒完！」將軍不耐煩地撇了撇下嘴唇，說道。

「他說忘了，可是他眼神多凶啊，」切爾維亞科夫懷疑地看著將軍，「連話都不想說。應該跟他解釋，我完全是無意的……這是自然現象，否則他可能以為我想噴他口水呢。就算現在不這麼想，以後也會這麼想！……」

回到家，切爾維亞科夫跟妻子講了自己的失禮行為。他覺得妻子對這件事的態度太漫不經心了：她先是很害怕，但當她得知普里茲查洛夫是「別的部門的」，就放心了。

「不管怎麼樣，你還是去道個歉，」她說，「不然他會以為你在公共場所的舉止不得體。」

「說得對！我道歉了，可是他滿怪的……一句客氣話都沒說。不過，當時也沒時間多說。」

第二天切爾維亞科夫穿上新制服，理了髮，去找普里茲查洛夫解釋……他走進將軍的接待室，看到那裡有很多求見的人，將軍本人就在這些求見者之中，已經開始接待他們了。將軍問了幾個求見者的情況後，抬起眼看向切爾維亞科夫。

「您大概還記得，大人，昨天在『樂園』劇院，」庶務官開始報告，「我打了噴嚏，結果無意中噴到了您……請原……」

「這算個什麼事……天知道！您有什麼事？」將軍對下一個求見者說。

「連話都不想說！」切爾維亞科夫想道，他臉色發白，「這麼說是生氣了……不行，這事不能就這麼算了……我得跟他解釋……」

當將軍跟最後一個求見者談完話，往裡面走的時候，切爾維亞科夫跟在他的身後，吞吞吐吐地說：

「大人！我之所以斗膽打擾大人，正是出於，我可以說，後悔！……我是無意的，請您務必瞭解！」將軍做了一個哭臉，揮了一下手。

「您簡直是拿我開玩笑，先生！」他說著，消失在門後。

「哪有開玩笑的意思？」切爾維亞科夫想，「一點也沒有什麼開玩笑的意思！他是將軍，卻不明事理！既然這樣，我就不再向這個擺架子的人道歉了！去他的吧！我給他寫封信，但是不再找他了！真的，再也不找他了！」

切爾維亞科夫這樣想著往家裡走去。給將軍的信他也沒寫出來。他想來想去，怎麼也想不好這封信該怎麼寫，只好第二天再上門解釋。

「昨天我來打擾過您，大人，」當將軍抬起眼疑惑地看著他的時候，他吞吞吐吐地說，「我不是像大人您說的那樣，是開玩笑。我來道歉是因為我打了噴嚏，噴到了大人……我沒想開您的玩笑。我哪敢開玩笑啊？要是我故意開玩笑，那就對上司……太……失敬了……」

「滾出去！」將軍忽然臉色發青，身上發抖，大聲咆哮了一聲。

「什麼？」切爾維亞科夫被嚇壞了，小聲問道。

「滾出去!!」將軍跺著腳，又說了一遍。

切爾維亞科夫的肚子裡有什麼東西斷裂了。他什麼都看不見，也什麼都聽不見，退到門口，來到街上，拖拉著腳步走了起來……他機械地回到家，沒脫制服，躺到長沙發上，然後就……死了。

胖子和瘦子

兩個朋友，一個胖子，一個瘦子，在尼古拉鐵路的一個車站上相遇了。胖子剛在車站上用過餐，嘴唇上沾著奶油，亮亮的，像熟透了的櫻桃。他身上散發著白葡萄酒和香橙花的氣味。而瘦子剛下了車，帶著一大堆箱子、包袱和紙盒子。他的身上散發出火腿和咖啡渣的味道。跟在他背後的是一個下巴很長的瘦女人——這是他的妻子，和一個高個子、瞇著一隻眼的中學生——這是他的兒子。

「波爾菲里！」胖子看見瘦子，喊了一聲，「真的是你嗎？我親愛的！多少年沒見了！」

「哎呀！」瘦子大驚道，「米沙！小時候的朋友！你從哪裡冒出來的？」

兩個朋友互相親吻了三次，熱淚盈眶地互相端詳著，兩個人都又驚又喜。

「我親愛的！」親吻之後瘦子開口說道，「真沒想到！真是意外！來，你好好看看我！你還是像當年那麼英俊！還是穿戴那麼講究！哎呀，你呀，天哪！嗯，你怎麼樣？賺大錢了？結婚了嗎？我已經成家了，你看見了……這是我的妻子，路易莎，娘家姓凡森巴赫……她是新教徒……這是我兒子，納法納伊爾，三年級學生。納法尼亞[1]，這是我小時候的朋友！學校的同學！」

納法納伊爾想了一下，摘下帽子。

「我們上學的時候在一起！」瘦子繼續說，「你記得那時候是怎麼拿你開玩笑的嗎？給你取的外號叫赫洛斯特拉托斯[2]，因為你用菸紙把課本燒了一個洞；我的外號是厄菲阿爾特斯[3]，因為我喜歡告狀。哈，哈……那時候我們都是孩子！納法尼亞，別害怕，過來，走近點……這是我的妻子，娘家姓凡森巴赫……新教徒。」

納法納伊爾稍微想了一下，藏到父親的背後。

「嘿，朋友，過得怎麼樣？」胖子興匆匆地看著朋友，說道，「你在哪裡高就？升遷了吧？」

「我在政府任職，親愛的朋友！當上八品官已經兩年了，得到了史坦尼斯拉夫勛章。薪水很低……算了，管他呢！我太太教音樂，我私下接案子，用木頭做菸盒。我做的菸盒可好呢！一個賣一盧布。要是買十個以上，你知道，還有折扣。混口飯吃囉。你知道，我原來在司裡任職，現在調到這裡，還在同一個系統，當下面的科長……我就要在這裡上任了。喂，你怎麼樣？已經升到五品了吧，啊？」

「不，我親愛的，你得把我說得再高一點，」胖子說，「我已經升到三品了。有兩枚星章了。」

瘦子忽然臉色發白，整個人都驚呆了，可是很快他的五官就扭動起來，綻放出最誇張的笑容，從他的臉上和眼睛裡好像迸出了很多小火星似的。而他的身體則縮起來，弓起來，整個人小了一號……他那些箱子、包袱和紙箱也收縮起來，變皺了……他妻子的長下巴變得更長了；納法納伊爾挺直身體立正，把制服的所有扣子一一扣好……

「我，大人……非常高興，大人！您，可以說，是小時候的朋友，想不到已升任如此要職，大人！嘿，嘿，大人。」

「可以了，好了吧！」胖子皺起眉頭說，「你何必用這種語氣呢？我跟你是小時候的朋友，何必來這套官場禮儀！」

「求上帝饒恕……您哪能這麼說呢，大人……」瘦子縮得更小了，嘿嘿地笑道，「大人您的垂愛……猶如雨露甘霖……這是，大人，我的兒子納法納伊爾……我的太太路易莎，新教徒，在某種程度上的。」

胖子想說些什麼反駁的話，可是瘦子的表情是那麼諂媚巴結、必恭必敬，讓這三品官

1 納法納伊爾的暱稱。
2 西元前四世紀，希臘人，放火燒掉了以佛所城的戴安娜神廟。
3 西元前五世紀，希臘人，曾為波斯軍隊帶路。

覺得噁心。於是他轉過頭去，伸手跟瘦子告別。

瘦子只捏住胖子的三根手指，深深鞠躬，發出像中國人那樣嘿嘿的笑聲：「嘿……嘿……嘿。」他妻子微笑。納法納伊爾併攏腳跟立正，把制帽掉在了地上。三個人都驚喜交加。

變色龍

警官奧楚蔑洛夫穿著新大衣，手裡拿著個小包包走過集市廣場。他的身後跟著個紅頭髮的警察，那警察抱著個筐子，裡面滿滿都是沒收來的醋栗。周圍很安靜……廣場上一個人也沒有……小鋪子和小酒館開著門，好像一些飢餓的嘴巴，沒精打采地望著上帝創造的世界。商鋪旁連個乞丐都沒有。

「怎麼，你咬人？你這該死的！」奧楚蔑洛夫忽然聽見有人嚷嚷，「大家，別放走牠！現在可不能讓牠咬人了！抓住牠！啊……啊！」

傳來狗的尖叫聲。奧楚蔑洛夫循聲望去，看到從商人畢楚金的木材場裡跑出一條狗，牠用三條腿蹦跳著，邊跑邊回頭看。一個人追出來，那人穿著漿過的花布襯衫和敞開的背心。他追上那狗，身子向前一探，撲倒在地，抓住了狗的後腿。再次傳來狗的尖叫聲和人的喊聲：「別放了牠！」小鋪子裡探出一張張睡眼惺忪的臉，木材場旁邊一下子聚起一群人，好像從地裡鑽出來的一樣。

「像是出事了，大人！」警察說。

奥楚蔑洛夫向左轉了四十五度，朝著人群走去。他看到那個穿著敞開背心的人站在木材場大門口，舉著自己的右手，讓大家看他流血的手指頭。他那半醉的臉上的表情彷彿在說：「我要扒了你的皮，壞蛋！」而那手指則像是一面勝利的旗幟。奥楚蔑洛夫認出這個人是金銀匠赫留金。這場紛亂的肇事者叉開前腿，渾身發抖地蹲在人群的中央：這是一條白色的獵狗小狗，臉尖尖的，背上有一塊黃斑。牠眼裡含著淚，目光裡充滿了懊喪和恐懼。

「這是怎麼回事？」奥楚蔑洛夫擠進人群，問道，「因為什麼？你舉著手指頭幹什麼？……誰在喊？」

「我好好走著路，大人，沒招誰沒惹誰……」赫留金對著拳頭咳嗽兩聲，開口說道，「我正跟米特里．米特里奇說買木材的事……這個壞蛋忽然無緣無故地咬了我的手指……請您原諒我，我是個做工的人……我做的是細工。叫他們賠，因為——我這個手指，可能一個星期都不能用了……這個，大人，連法律裡也沒說人受了畜生的害就得忍著……要是人人都被狗咬，那還不如不活了……」

「嗯！……好……」奥楚蔑洛夫清清嗓子，立起眉毛，嚴厲地說，「好……這是誰的狗？我不能隨便放過這件事。我要讓你們知道隨便放狗出來的後果！是該管管這些目無法紀的先生了！等到罰了這混蛋的錢，我就讓他知道把狗和別的畜生放出來會有什麼後果！我要給他點顏色瞧瞧！……葉爾德林，」警官對警察說，「你去打聽清楚，這是誰的狗，打個報告！這狗得打死，馬上！牠可能是條瘋狗……這是誰的狗，有人知道嗎？」

「這好像是日加洛夫將軍的狗。」人群裡有人說。

「日加洛夫將軍的？嗯！……幫我，葉爾德林，把大衣脫下來……太熱了！可能要下雨……我就是有一點不明白，牠怎麼能咬你呢？」奧楚蔑洛夫對赫留金說，「莫非牠碰得到你的手指？牠那麼小，你呢，看，這麼個大個子！你的手指頭大概是被釘子刺到了，然後就想出了一個敲竹槓的主意。你可……不是什麼好東西！我知道你們這種人，都是魔鬼！」

「大人，他想尋開心，就用菸頭戳了牠的臉，那狗也不笨，就咬了他……他是個荒唐鬼，大人！」

「你胡說，獨眼龍！你又沒看見，你憑什麼胡說？警官大人是英明的大人，知道誰說謊，誰像對著上帝一樣說良心話……要是我說謊，就讓調解法官判我的罪。他那裡有法律，寫得清楚……如今大家都平等了……我的兄弟是憲兵……告訴你們……」

「別胡鬧！」

「不對，這不是將軍的狗……」警察深思熟慮地說，「將軍沒有這樣的狗。他的狗大半是獵禽犬……」

「你確定嗎？」

「確定，大人……」

「我就知道。將軍的狗都是名貴的純種狗，這隻狗……鬼才知道是什麼東西！要毛色沒毛色，要樣子沒樣子……賤種一個……將軍會養這樣子的狗？你們的腦子呢？要是這樣的狗落到彼得堡或莫斯科，你們知道會怎麼樣嗎？那裡可不管什麼法律，馬上就弄死！赫留金，你受了害，這事不能就這麼算了……得好好教訓他們！時候到了……」

「也可能是將軍的……」警察自言自語地說，「牠的臉上又沒寫著……前兩天我在他家院子裡見過這樣一隻狗。」

「沒錯，是將軍的！」人群裡有人說。

「嗯！……幫我，葉爾德林老弟，把大衣穿上……起風了……滿涼的……你把牠帶到將軍家問問。就說是我找到的，要你送去的……叫他們別放牠出來……牠可能是一條名貴的狗，要是每個豬頭都用菸往牠的鼻子上戳，不出幾天就要給弄壞了。狗是嬌氣的東西……你這笨蛋，放下你的手！用不著伸出你那根蠢手指頭！都怨你自己！……」

「將軍的廚子來了，問問他……嘿，普羅霍爾！親愛的，過來一下！看看這隻狗……是你們家的嗎？」

「亂說！我們家從來沒有這種狗。」

「用不著問來問去了，」奧楚蔑洛夫說，「這是條野狗！用不著多說……我說是野狗就是野狗……打死就好了。」

「這不是我們家的，」普羅霍爾接著說，「這是將軍哥哥的，他前兩天來了。將軍不喜歡細身子的狗，他老人家的哥哥喜……」

「莫非他老人家的哥哥來了？弗拉基米爾．伊萬內奇來了？」奧楚蔑洛夫問，馬上眉開眼笑了，「嘿，天哪！我都不知道！來住住？」

「住住……」

「不得了，天哪……想他兄弟了……我竟然不知道！這麼說這是他老人家的狗？很高興……把牠領走吧……滿好的小狗……很機靈……把這傢伙的手指咬了一口！哈——哈——哈……嘿，你發什麼抖呀……嗚嗚……嗚嗚……生氣了，小機靈鬼……這小狗狗……」

普羅霍爾把狗叫過來，帶牠離開了木材場……大家就對著赫留金哈哈大笑。

「我以後再跟你算帳！」奧楚蔑洛夫威脅道，然後裹緊大衣，繼續在集市廣場上巡視。

鋼琴師

夜裡一點多。我在公寓裡趕一篇詩體小品文的約稿。忽然門開了，跟我同住的前音樂學院的學生彼得．魯波廖夫完全出人意料地走進屋來。他頭戴大禮帽，大衣沒扣，乍一看，我覺得他活像列別基洛夫[1]；隨後，當我定睛看清他那蒼白的臉龐和異常尖銳的目光，以及那好像發炎的眼睛，就不覺得他像列別基洛夫了。

「你為什麼這麼早回來？」我問道，「才剛兩點，難道婚禮已經結束了？」

我那室友並不回答。他一言不發地走到屏風後面，脫了衣服，喘著大氣躺到床上。

「睡吧！你這蠢豬！」過了十分鐘，我聽見他嘟囔，「既然躺下了，那就睡！要是不想睡，那就……見你的鬼去！」

「你睡不著嗎，別佳[2]？」我問道。

「鬼才知道……不知怎麼睡不著……總是想笑……笑得睡不著！哈！哈！」

「你有什麼可笑的？」

「發生了一件可笑的事，竟出了這種該死的事！」

魯波廖夫從屏風後面走出來，笑著坐到我身旁。

「可笑，又……丟臉……」他一邊伸手把頭髮撥亂，一邊說，「打從出生，我的老弟，我還沒經歷過那樣的怪事！……哈！哈！一場混亂，頭號鬧劇！上流社會的一齣鬧劇。」

魯波廖夫用拳頭敲著膝蓋，又一下子站起來，光著腳在冷地板上走來走去。

「我挨了個巴掌！」他說，「因此我提前回來了。」

「好了，幹嘛說謊？」

「上帝保佑……一個巴掌……實實在在！」

我打量著魯波廖夫。他面色疲憊，可是整個外表依然是那麼彬彬有禮、溫文爾雅，以至於「一個巴掌」這個粗魯的詞和他的書生氣質完全扯不到一塊。

「那是一場頭號鬧劇……我一路回家一路大笑，噢，你快別寫你那破東西了！我跟你說，把一切說出來，也許，就不那麼想笑了！……快停下！很有趣的事！……喏，你聽我說……在阿爾巴特街住著某位普里斯維斯多夫、一個退伍中校，娶了馮·克拉克伯爵的私生女……也算作貴族……他把女兒嫁給了商人的兒子葉斯基莫索夫，這位葉斯基莫索夫是個

1 俄國作家格利鮑耶陀夫的劇作《聰明誤》中的人物。
2 彼得的暱稱。

paevenu[3]、mauvais genre[4]和戴小圓帽的豬頭[5]，mauvais ton[6]，但那父女兩人，一心想著manger[7]、boire[8]，也就顧不了什麼mauvais genre了，今晚八點多我去普里斯維斯多夫家彈鋼琴。道路泥濘，霧雨迷濛……我心裡像平日一樣憂鬱。」

「你說簡短一點，」我對魯波廖夫說，「不要長篇大論……」

「好吧……我來到普里斯維斯多夫家……婚禮過後，年輕人和客人正在大嚼水果，我等著舞會開始，走到我的崗位——鋼琴旁邊坐下來。

「『啊，啊……你來了！』主人看見我，說，『那麼你，兄弟，要小心，好好彈，主要是——別喝醉了……』

「我，老弟，已經習慣人家這樣迎接我，也沒生氣……哈！哈！……既是個蘑菇，就不能不讓人採啊！……不是這樣嗎？我算個什麼呢？鋼琴師、僕人……一個會彈琴的侍者……在商人家還被人用『你』呼來喚去，還賞我茶錢——而我一點也不生氣！於是，由於無事可做，我就在舞會開始前稍稍試練一下，你知道，好活動一下手指。我彈了一會兒，聽見，我的老弟，身後有人在隨著琴聲哼唱。我回頭一看，是位小姐！這小妖精站在我的身後，親切地看著琴鍵。我說『mademoiselle[9]，我不知道有人在聽我彈琴！』而她歎息道：『多好的曲子！』『是啊，』我說，『是支好曲子，……那麼您喜愛音樂嘍？』就這麼攀談起來，那小姐很健談。我又沒逗她說，是她自己聊起來的。『多遺憾，』她說，『現在的年輕人不學習嚴肅音樂了。』我這傻瓜、糊塗蟲，很高興有人能注意到我……還是那討厭的自尊！……我，你知道，就擺開了架勢，向她解釋年輕一代的冷漠是由於我們的社會缺少美的需求，我竟講起大道理來了！」

「那鬧劇呢？」我問魯波廖夫，「你愛上她了，還是怎麼的？」

「虧你想得出！戀愛……這是私人的鬧劇，而發生的卻是差不多全體捲入的、上流社會的鬧劇……是的！我跟那小姐談著談著，忽然覺得有點不對勁：我身後坐著的幾個人在嘰嘰喳喳……我聽見『鋼琴師』這個詞，有人『嘿嘿』地笑……就是說，在討論我……發生什麼事了？是不是我的領結鬆了？我摸摸領結──好好的……當然，我就沒有在意，繼續談話……而那小姐情緒激動，和我爭論，臉漲得紅紅的。她是那麼激烈，猛烈抨擊作曲家，可真激動！照她的意見，《惡魔》中管弦樂的編排是好的，可是沒有旋律，李姆斯基─高沙可

3 法語，暴發戶。在小說中這個法語詞是用俄語字母拼出的，代表俄式發音。
4 法語，低級趣味的人。
5 可能指猶太人。
6 法語，無教養的人。
7 法語，吃。原文為俄式發音。
8 法語，喝。原文為俄式發音。
9 法語，小姐。

夫只是個鼓手，瓦爾拉莫夫創作不出任何完整的東西……如今的男孩和女孩花二十五戈比上一節音樂課，剛能湊合彈幾個音階，就以為能寫樂評了……我這位小姐就是這樣的……

「我聽著，但並不爭辯……我喜歡那青春的氣息，喜歡看到他們思考問題，但我的身後一直在嘰嘰咕咕、嘰嘰咕咕……到底怎麼回事呢？忽然一個胖胖的母孔雀搖搖擺擺地向我這位小姐踱過來，大概是媽媽阿姨之流，神情莊重，面色紫紅，非常粗壯……她看也不看我，在她耳邊悄悄說了幾句什麼……你注意聽……那小姐跳起來，捧住雙頰，就像給螫了一下似的，一下子從鋼琴旁邊跳開了……

「到底怎麼回事？聰明的伊底帕斯，請解釋一下吧！喏，大概，或是我的禮服從後面裂開了，或是那小姐在衣裝打扮上出了什麼問題，否則很難理解這件怪事。為了保險起見，過了十分鐘，我到前廳去檢查自己的儀容……我檢查了領結、禮服、褲扣……全都安然無恙，什麼也沒破。算我運氣好，老弟，前廳裡有個拿著包包的老媽子，她把一切解釋給我聽了……要不是她，我會被一直幸福地蒙在鼓裡。『我家小姐總是改不了脾氣，』她跟一個僕人說，『她看到鋼琴旁邊有個年輕人，就跟他聊開了，就像和一個真正的上流人談話似的……又是叫又是笑，但這個年輕人其實不是客人，是鋼琴師……是個彈琴的。你可聊得真起勁！多虧瑪爾法．斯捷潘諾夫娜悄悄告訴了她，要不她搞不好還會跟他牽手呢……現在不好意思了，可是晚了，說出的話也收不回來了……』你覺得如何，啊？」

「小女生也蠢，老媽子也蠢，」我對魯波廖夫說，「不值得介意。」

「我也沒介意……只是感到可笑，再就沒什麼了……我對這種事習以為常了……當初，的確難受過，而如今……管他的！小女生傻乎乎的，年紀輕輕……她也滿可憐的！我坐下，開始彈舞曲……那裡不需要任何嚴肅的作品……我只管彈那些華爾滋、卡特里爾舞曲、轟鳴的進行曲……要是你那顆音樂家的心感到難耐，就去喝一杯，於是你自己也就會隨著《薄伽丘》[10]的樂曲興奮起來了。」

「那鬧劇又是怎麼回事？」

「我按著琴鍵……並沒想那女孩……只是一笑置之而已，可是……我的心底有某種東西在翻騰，就好像有隻老鼠正在那裡偷啃不花錢的麵包乾……我自己也不明白，為何那樣鬱鬱不樂……我說服自己，罵自己，嘲笑自己……我隨著自己的琴聲哼唱，可是我的心感到一陣陣刺痛……不知怎的刺得難受……先是胸口有什麼東西在翻騰、啃咬，突然衝向喉嚨，那感覺……就像堵著一團東西……你咬緊牙關，忍一會兒，它就退下去了，然後又來一次……這是什麼事啊！就這樣，好像存心似的，腦子裡盡是各種各樣倒楣的想法……

「我想到，我成了一個什麼樣的廢物……跑了兩千里地來到莫斯科，指望當個作曲家或

10 德國作曲家祖佩的小歌劇。

鋼琴演奏家，卻成了個鋼琴師……實際上，這是很自然的……簡直可笑，但我心裡還是翻江倒海的……我也想起了你……我想，我那室友此刻正在那裡爬格子呢……這可憐的傢伙描寫昏睡的議員、麵包裡的蟑螂、秋天的壞天氣……寫的都是早就被描寫過的東西，陳詞濫調……我這樣想著，不知為什麼可憐起你來了……可憐得快掉淚了！……你是個聖潔的小人物，有靈魂，可是你知道，你沒有那種如火的東西，沒有膽子，沒有力量……沒有狂熱的激情。為什麼你不是個藥劑師、不是個鞋匠，而是個作家，基督才知道你是怎麼回事！我想起我所有那些沒這麼好運的朋友，所有這些歌手、畫家、業餘愛好者，曾經，所有這些幻想是那麼令人心潮起伏、朝思暮想，他們豪氣沖天，而如今……鬼才知道！

「我不明白，為什麼我的腦子裡一直鑽進一些這樣的念頭。把自己的事趕出去，就想起朋友，把朋友趕出去，又想起那女孩……我嘲笑那女孩，斷定她一文不值，可是她總不讓我好過……我想，俄國人是什麼鬼東西啊！當你自由自在，正在念書或者無事遊蕩，你可以跟他一起喝茶，拍他的肚皮，跟他女兒談情說愛，但只要你成了地位稍微比他低一點的人，你可就得有自知之明了……你知道，我竭力扼制這些想法，但這些想法還是直往喉頭撞……一直往上撞，揪心、煩悶……最後我覺得我的眼眶溼了，我的《薄伽丘》中斷了，於是……一切都見鬼去了，富麗堂皇的大廳裡，一陣鬼哭狼嚎……我歇斯底里大發作……」

「你胡說！」

「上帝保佑！」魯波廖夫紅著臉強笑著說，「那真是一場大亂啊！後來我覺得有人把我拉到前廳……給我穿上大衣……我還聽見主人的聲音：『誰把鋼琴師灌醉了？是誰竟敢給他喝伏特加？』最後，我挨了一巴掌……真是奇事！哈！哈！……當時顧不得笑，但現在覺得可笑極了……可笑至極……一個身強力壯的大高個子！像個消防瞭望塔似的，沒想到……卻忽然歇斯底里大發作！哈！哈！哈！」

「有什麼可笑的？」我問道，他的肩膀和腦袋都笑得直抖，「別佳，看在上帝的分上……這有什麼可笑的？別佳！親愛的！」

但別佳還在哈哈大笑，從他的笑聲中我不難看出歇斯底里的發作，於是我一邊罵著公寓裡夜間不送熱水，一邊張羅著照顧他。

蘆笛

傑敏奇耶夫莊園的管家梅里東．希施金受不了雲杉林裡的悶熱，全身掛著蜘蛛網和松針，拿著獵槍向林邊走去。他的達穆卡——一條獵犬和家犬的雜種狗，非常瘦，懷著小狗——拖著溼漉漉的尾巴，跟在主人身後慢慢走，小心翼翼，避免碰到鼻子。早上天氣不好，是個陰天。從籠罩著薄霧的樹上和蕨類植物上灑下大大的水滴，林中的溼氣中夾著刺鼻的腐敗味道。

前面到了林邊，那裡長著樺樹，透過樹的枝杈可以看到霧濛濛的遠處。樺樹後面有人在吹自製的牧笛。吹笛子的人只吹出五、六個音，懶洋洋地把音拖長，並不試圖連成一首曲子，儘管如此，尖利的笛聲中卻有某種肅殺的情緒，非常愁苦。

當梅里東走到樹木變得稀疏，雲杉和小樺樹交錯的地帶，他看到了畜群。拴著腳絆的馬、牛和羊在灌木中徘徊，劈劈啪啪地碰著枝丫，嗅著林子的草。林邊有一個放牧的老人，倚著一棵溼漉漉的樺樹，他身子精瘦，穿了件破爛的粗呢外衣，沒戴帽子。他看著地面，一邊想著什麼事一邊吹著笛子，看樣子是隨便吹的。

「你好，老爺子！求上帝保佑你！」梅里東打招呼道，他的嗓音又細又啞，跟他的大塊頭和大胖臉很不相稱，「你的笛子吹得真好！你看的是誰的牲口啊？」

「阿爾達莫諾夫家的。」牧人不情願地回答，把笛子收進了懷裡。

「這麼說，這片林子也是阿爾達莫諾夫家的？」梅里東四下望望，說道，「真是阿爾達莫諾夫家的，可不……我完全迷路了。我的臉全給樹枝劃破了。」

他坐到潮溼的地上，開始用報紙黏菸捲。

這個人身上什麼都小：笑容、眼睛、扣子、勉強蓋住剪著短髮的胖腦袋的帽子，這些，以及他的尖嗓子，都跟他的高個子、寬身材和胖臉不相稱。當他說話和微笑時，他那張刮去鬍子的虛胖臉上和整個人的身上都透出一種像女人似的、膽怯而溫順的感覺。

「這天氣太壞了！」他搖晃著腦袋說，「還沒收完燕麥，小雨就像要下個沒完，求上帝保佑啊。」

牧人看看飄著毛毛雨的天，又看看樹林，看看管家的衣服，想了想，一句話也沒說。

「整個夏天都是這樣……」梅里東歎了口氣，「莊稼人也難受，老爺也不開心。」

牧人再次看看天，想了想，開了口。他說話一板一眼地，好像在咀嚼每個字：

「全都在往一處走……別指望有好事。」

「你們這裡怎麼樣？」梅里東抽了口菸，問道，「在阿爾達莫諾夫林子的空地上見過整窩的黑琴雞嗎？」

牧人沒有馬上回答。他又看了看天，看看周圍，想了想，眨眨眼……看來他很重視自己的言論，為了加重言論的價值，要盡量拖長聲，帶點莊嚴感。他的表情帶著老人的尖銳和穩重，由於鼻子中間有個凹坑，他鼻孔朝上，又顯出狡黠和嘲弄的神情。

「沒，好像沒見過，」他回答，「我們的獵人葉列穆卡好像說過伊利亞節[1]時在布斯托謝見過一群。可能是亂說，如今鳥兒少得很。」

「是啊，兄弟，少得很……哪裡都很少！仔細想想，打獵打不到什麼東西，不值得。野物根本沒有；有的呢，現在也不值得髒了手——還沒長大呢！那麼小的東西，看起來都不好意思。」

梅里東苦笑了一下，揮了揮手。

「這世道啊，簡直可笑，沒別的！鳥兒也快沒了，孵蛋晚，有的到聖彼得節[2]還沒孵完。真的！」

「全都往一處走了，」牧人揚起臉，說道，「去年的野物就少，今年更少，再過五年，你看吧，就根本沒有了。依我看，過不多久不光沒有野物了，連鳥兒也一隻不剩。」

「是啊，」梅里東想了想，表示同意，「這是實話。」

牧人苦惱地笑笑，搖搖頭。

「真不明白！」他說，「牠們都到哪裡去了？我記得，二十年前，這裡也有鵝，也有鶴，也有野鴨，也有黑琴雞——有的是！那時候那些老爺圍獵，你就聽吧：砰——砰——砰！砰——砰——砰！大鷸鳥、田鷸鳥、麻鷸鳥，要多少有多少。那些小鷸鳥和水鴨子就像椋鳥或是麻雀那麼多，數都數不清！牠們都到哪裡去了！連猛禽也看不見了。鷹、隼、鵰，都不見了。什麼野獸都少了。現在，老弟，連狼和狐狸都成了稀罕物，更不用說熊和水貂了。可是過去連駝鹿都有！我冷眼看這世道四十年，我看事事都在往一處走。」

「往哪裡走？」

「往壞裡走，年輕人。八成往死走……這世界快要毀了。」

老人戴上帽子，開始望天。

「真可惜！」他沉默片刻，歎了口氣，「哦，上帝啊，真可惜！當然了，這是上帝的旨意，世界不是我們造的。可是老弟，我還是非常心痛。要是一棵樹枯了，或是，比方說，一頭牛死了，也會心痛，但要是，你看，好人，整個世界都毀滅了，那會怎麼樣……有多少好東西啊，主耶穌！太陽、天、林子、河、野獸，這些東西都造得妥妥當當，都是配著來的，

---

1 東正教節日，在俄曆七月二十日。

2 俄曆六月二十九日。在俄國，打獵季節通常從這一天開始。

各有各的用處，各有各的本分。可是這些全都要毀了！」

牧人的臉漲紅了，露出憂鬱的微笑，眼皮顫動著。

「你說，世界要毀滅了……」梅里東沉吟道，「也可能世界末日快到了，可是不能憑鳥兒來說這事。鳥兒不一定能說明問題。」

「不光是鳥兒，」牧人說，「野獸也一樣，牲口、蜜蜂、魚都一樣……你要不信我的話，就問問老人：每個人都會跟你說，現在的魚跟以前根本沒法比。海裡也罷，湖裡也罷，河裡也罷，魚都一年比一年少。我記得，我們的比斯昌卡河上抓到過一呎長的狗魚，還有好多江鱈、雅羅魚、鯿魚，每條魚都很夠斤兩；現在呢，你要能抓到條小狗魚或三、四吋的鱸魚，就得謝天謝地了。連像樣的梅花鱸也沒有。一年比一年差。過不了多久，就根本沒有魚了。再說河吧……河呀，怕是要乾了！」

「沒錯，是要乾了。」

「就是說呀。水一年比一年小，老弟，沒有過去的那種漩渦了。你看見那片灌木了嗎？」老人指點著，問道，「老河道在它後面，叫大河灣，我爹活著時比斯昌卡河在那個地方，現在你看，魔鬼把它弄到哪裡去了。河道變來變去，你看著吧，一直要變到全乾了才算結束。庫爾加索夫村外本來是沼澤和池塘，現在都哪裡去了？那些小溪又到哪裡去了？我們這片林子裡過去就有小溪，大家能在溪水裡下簍子抓狗魚，有野鴨在溪旁過冬。現在呢，就是春汛時，溪裡也沒多少水。是啊，老弟，哪裡哪裡都不妙。到處都一樣！」

他們都不說話了。梅里東陷入沉思，眼睛盯著一個點。他盡力想出大自然中哪怕一處還沒有被普遍的毀滅觸及的地方。在霧氣和斜飄的雨絲之上出現了幾個光斑，它們好像在毛玻璃上滾動著，可是只滾動了幾下，隨即就熄滅了——升起的太陽盡力穿過雲層，朝大地露了個臉。

「是啊，樹林也是……」梅里東嘟囔道。

「樹林也是……」牧人重複道，「有的給人砍了，有的燒了，有的枯死了，新的樹又長不起來。剛一長出來，馬上就砍，今天剛長出來，明天一看，人家就給砍了——就這麼沒完沒了，遲早什麼都不剩了。好人，我從一解放就看管村社的牲口，解放前在老爺家我也是牧人，就在這個地方放牧，不記得哪年夏天不在這裡。我一直冷眼看著上帝在做些什麼。老弟，我足足看了一輩子，現在我知道，各種植物都變差了。你就說黑麥也好，菜也好，花花草草也好，全都走下坡路。」

「可是人變好了。」管家說。

「怎麼好法？」

「變聰明了。」

「聰明倒是聰明了，這是真的，年輕人。可是有什麼好處？死到臨頭，聰明對人又有什麼用？要完蛋的人用不著多聰明。要是沒有野鳥，獵人再聰明有什麼用？我想，上帝給了人聰明，收走了力氣。現在的人變弱了，弱得要命。就說我吧……我根本不怎麼樣，是全村最差的莊稼人，可是老弟，我有力氣。你看，我六十多了，還是每天放牲口，夜裡也照管牲口，能賺二十戈比，不睡覺，也不怕冷。我兒子倒是比我聰明，但你要讓他做我這些工作，他明天就得要加錢，要不就得去看病了。就這麼回事。我除了麵包什麼都不要，因為『我們日用的飲食，天天賜給我們』[3]，我父親，也除了麵包什麼都不吃，我爺爺也是。可是現在的莊稼人又要喝茶，又要喝伏特加，又要吃白麵包，要睡整晚的覺，又要看病，嬌貴得很呢。為什麼呢？因為人變弱了，沒有力氣，受不得苦。他倒是想不睡覺，可是眼皮抬不起來──一點辦法也沒有。」

「確實這樣，」梅里東表示贊成，「現在的莊稼人不比從前。」

「不用怕揭醜，我們一年比一年糟。要說起現在的老爺，他們比莊稼人還弱。如今的老爺什麼都懂，連不該懂的都懂，可是有什麼用？看他那樣子，就讓人覺得可憐……瘦瘦弱弱的，就像什麼匈牙利人或法國人，一點也不威風、沒精神──就是頂著個老爺的稱號罷了。可憐的，沒有官職，也不做事，你也搞不清他想幹什麼。他要嘛拿根釣竿坐在那裡釣魚，要嘛肚皮朝天躺著看書，再不就是在莊稼人之中閒晃，說這說那；要是沒飯吃了，就去當文書。他就這麼瞎混，說是聰明，就是不知道怎麼幹正事。過去的老爺一半都是將軍，現在的都是廢物！」

「窮多了。」梅里東說。

「窮是因為上帝把力氣收走了。上帝的旨意違抗不得。」

梅里東又盯住一個地方看。他沉吟片刻，以一個沉穩而理智的人的方式歎了口氣，搖搖頭，說：

「這都是怎麼回事？我們的罪惡太重，忘了上帝……看來全都完蛋的時候快到了。不是說嘛，世界不是永遠長存的，——該完了。」

牧人歎了口氣，好像想結束這場不愉快的談話，走到樺樹旁邊，開始用眼睛清點牛。

「嗨嗨嗨！」他喊道，「嗨嗨嗨！你們這些該死的，讓你們遭瘟吧！魔鬼把你們趕進樹林裡去了！出來，出來，出來！」

他做出生氣的樣子，去灌木叢那邊攏牲口。梅里東站起來，在林邊安靜地走著。他看著自己的腳下，思索著。他還在竭力思考到底什麼東西還沒沾染上死氣。在斜的雨絲之上出現了游動的光點，它們在林梢跳動了幾下，又在潮溼的樹葉中熄滅了。達穆卡在灌木叢下面找到一隻刺蝟，牠想讓主人注意到這個發現，就汪汪地叫起來。

3 禱告詞。

「你們那裡有沒有過日食？」牧人從灌木叢後喊道。

「有過！」梅里東回答。

「嗯。各處的人都說有過。可見，老弟，天上也亂了！必有緣故……嗨嗨嗨！嗨！」

牧人把畜群趕到林邊，倚在一棵樺樹上望了望天，不慌不忙地從懷裡掏出蘆笛，吹了起來。他仍舊吹得心不在焉，只用五、六個音符，好像是第一次吹笛子，吹出的音符猶猶豫豫，沒有章法，不成調子。可是正在思考世界毀滅問題的梅里東卻從中聽到了一種很痛苦很惱人的東西，簡直聽不下去了。那尖利的最高音顫顫巍巍，斷斷續續，好像在傷心地哭泣，好像蘆笛生病了，很恐懼似的。而最低音不知為何令人想到霧氣、沒精打采的樹和灰色的天空。這樣的音樂與天氣、這位老人以及他的話都很合拍。

梅里東想發牢騷了。他走近老人，看著他那憂鬱而帶著嘲諷的臉，看著蘆笛，嘟囔道：

「日子也變壞了，老大爺。根本過不下去。收成不好，窮……牲口不時發瘟，人又生病……窮得喘不過氣來。」

管家虛胖的臉變紅了，出現了一種憂戚，而且如女人般的表情。他動了動手指，好像在尋找合適的詞來表達他那說不清的感覺，接著說：

「八個孩子，加上老婆……母親也還活著，一個月的薪水只有十個盧布，不夠吃飯。因為窮，我老婆變得很凶……我自己也喝起酒來。我是個有頭腦且穩重的人，受過教育。我本該安安生生地待在家裡，但現在整天像條狗一樣，背著獵槍到處跑，因為實在受不了。家讓人心煩！」

管家覺得舌頭吐出來的這些完全不是他想說的，於是揮揮手，傷心地說：

「如果世界要毀滅，那就快點吧！用不著拖拖拉拉，讓人白受罪……」

老人把蘆笛從嘴邊拿開，瞇起一隻眼，看看它的小孔。他的臉很憂鬱，掛著大大的水滴，就像眼淚一樣。他笑笑說：

「可惜，老弟！上帝啊，太可惜了！土地、樹林、天空……各種動物，這些都是造出來的，都有用處，都有靈性。都要白白完蛋了。最可惜的是人。」

在林子裡接近邊緣的地方嘩嘩地下起了大雨。梅里東朝雨聲大作的方向看了看，把所有的扣子都扣好，說：

「我到村裡去了。再見吧，老大爺。你叫什麼？」

「窮盧卡。」

「好，再見，盧卡！謝謝，你說的話很有道理。達穆卡，走！」

梅里東和牧人告別以後，先是沿著林邊走，然後順著逐漸過渡到沼澤的草地往下走。他腳下的水噗嗤噗嗤地響著，帶著鏽斑、仍然翠綠的莎草俯身往地上貼，好像怕被人踩到似的。沼澤後面就是老大爺說到的比斯昌卡河。河岸上有柳樹，柳樹後面，霧氣中有個發藍的東西，那是老爺家的乾燥棚。一個不幸的時辰就要到來，什麼也攔不住它：到那時，田野晦暗，大地寂靜寒冷，垂柳顯得越發悲傷，樹幹上淌著淚水，只有鶴群能振翅高飛，離開普遍的災難。可是就連那群鶴也帶著憂鬱和悲傷唱著響徹天空的歌，唯恐表現出幸福的樣子會讓委頓的天地萬物難堪。

梅里東慢慢往河邊走，聽到身後的笛聲漸漸變小。他還是想發牢騷。他憂傷地看看四周，心裡湧起對天空、大地、太陽、樹林和達穆卡的不可遏制的疼惜。此時蘆笛的最高音在空氣中繚繞不絕，搖曳飄忽，像人的哭聲，讓他對大自然中出現的混亂感到格外痛苦和傷心。

那高音顫動了片刻就斷了。蘆笛聲消失了。

凱西坦卡（故事）

一　壞行為

一條棕紅色的小狗——牠是臘腸犬和家犬的混種，臉很像狐狸——在人行道上跑前跑後，不安地東看西看。有時候牠停下來，一邊發出嗚嗚咽咽的叫聲，一邊輪換著抬起凍僵的爪子，牠想要弄明白：怎麼會迷路了？

牠清楚地記得這一天是怎麼過的，又怎麼到了這條陌生的人行道。

這一天是這樣開始的：牠的主人，細木匠盧卡·亞歷山大雷奇，戴上帽子，把一個用紅頭巾包著的木頭東西夾在腋下，對牠吆喝道：

「凱西坦卡，走了。」

這條臘腸犬和家犬的混種狗聽到自己的名字，就從牠睡覺的地方——工作臺下的一堆刨花中走了出來，舒舒服服地伸個懶腰，跟著主人跑起來。盧卡·亞歷山大雷奇的客戶都住得遠得很，所以不管去誰家，細木匠都要在路上去好幾趟酒館提神。凱西坦卡記得，牠在路上的表現特別不像樣。因為主人帶牠出門，牠高興得又蹦又跳，叫著朝馬車車廂上撲，好幾次衝到別人的院子裡追別的狗。細木匠一下就看不見牠了，於是停下來生氣地吼牠，有一次甚至帶著凶狠的表情，拉住牠狐狸一樣的耳朵擰了一下，一字一頓地說：

「你——給——我——去——死吧，瘟神！」

去完客戶那裡，盧卡．亞歷山大雷奇去他姊姊家待了一會兒，在那裡喝了點酒，吃了點東西，然後從姊姊家去了一個認識的裝訂匠家，從裝訂匠家去了酒館，從酒館去了乾親家等等。簡而言之，當凱西坦卡到了這條陌生的人行道時，天已經黑下來了，細木匠醉透了，他揮動著雙臂，喘著大氣，嘟嘟囔囔：

「我媽生下我這孽障真是罪過，哎呀，罪過啊，罪過！現在我們走在街上，看見路燈，等我們死了——我們就要在地獄的火裡被火燒了……」

一會兒他又換成親切的語氣，把凱西坦卡叫過來，對牠說：

「你，凱西坦卡，就是個蟲子，沒別的。拿你跟人比，就像拿粗木匠跟細木匠比。」

就在他跟牠說這些話的時候，忽然樂聲大作。凱西坦卡一看，一隊兵正沿著街道直衝著牠走過來。這音樂讓牠的神經受到刺激，牠忍不住邊叫邊後退。讓牠大為吃驚的是，細木匠並不害怕，既不吱吱叫也不汪汪叫，反而咧開嘴笑了，挺直身子立正敬禮，把他的五根指頭併攏舉到帽簷下面。凱西坦卡看到主人沒有抗議，就更大聲地吼叫，沒命地衝過馬路蹿到了對面的人行道上。

等牠回過神來，音樂已經沒了，兵團也不見了。牠跑過馬路，回到牠離開主人的地方。可是，糟了！細木匠不在那裡。牠往前奔，然後往後奔，又再次穿過馬路，可是細木匠好像掉進地裡去了……凱西坦卡開始嗅人行道，想根據主人腳印的氣味找到他，然而先前一個人該死地穿著雙新的橡膠套鞋走過，現在所有微弱的氣味都跟膠皮的刺鼻臭氣混在一起，什麼都分辨不出來。

凱西坦卡前前後後地跑著，找不到主人。此時天已經黑了，兩邊的街燈都點了起來，房子的窗戶裡也亮起了燈。天上下著鵝毛大雪，馬路、馬背和趕車人的帽子都成了白的，天越黑，所有的東西就越白。不認識的客戶不停地從凱西坦卡的身邊來來往往，擋住牠的視線，用腳踢牠。（凱西坦卡把整個人類分為兩個非常不均衡的部分：主人和客戶。兩者之間有著本質的區別，前者有權打牠，後者牠有權咬他們的小腿。）這些客戶急匆匆地去什麼地方，一點也不注意牠。

等到天完全黑下來，凱西坦卡滿心絕望和恐懼。牠蜷縮在一個臺階旁，傷心地哭起來。跟著盧卡．亞歷山大雷奇跑了一天，牠筋疲力盡，耳朵和爪子都凍僵了，再說牠餓得要命。一整天下來，牠只吃過兩次東西：在裝訂匠那裡吃了點漿糊，在一個酒館的櫃檯旁找到了一點火腿皮——總共就這麼一點。如果牠是個人，大概就會這樣想：

「不行，活不下去了！得自殺了！」

二 神祕陌生人

可是牠什麼也沒想，只是哭。當柔軟的雪片完全覆蓋了牠的後背和腦袋，牠累得昏昏欲睡；忽然前門砰地開了，吱吱扭扭地響著打到牠的身子。牠跳了起來，從打開的門裡走出一個人，是屬於客戶那部分的。凱西坦卡尖叫著撲到了他的腳下，所以他不能不注意到牠。他朝牠彎下腰，問道：

「小狗狗，你是哪裡來的？我打到你了？哦，小可憐，小可憐……好了，別生氣，別生氣……對不起了。」

凱西坦卡透過沾在睫毛上的雪看著陌生人，這個人個子不高，有點胖，一張肉肉的臉，沒留鬍子，戴著高筒帽，穿著一件沒扣上的皮大衣。

「你哭什麼？」他用手撣掉牠背上的雪，繼續說：「你的主人在哪裡？你大概是找不到家了吧？唉，可憐的小狗狗！現在我們怎麼辦呢？」

陌生人語氣裡的溫暖和善意被凱西坦卡捕捉到，於是牠開始舔他的手，哭得更傷心了。

「你很漂亮，長得真好玩！」陌生人說，「簡直就是個小狐狸！好了，沒辦法，跟我走吧！你說不定有點用……好了，走吧！」

他吧嗒一下嘴，給凱西坦卡做了個手勢，那意思不會錯，只能是：「跟我走！」凱西坦卡就跟著走了。

不出半個小時，牠已經坐在一個明亮大房間的地板上，頭歪向一邊，感動而好奇地看著這個陌生人。他正坐在桌旁吃飯，邊吃邊扔給牠……他先是扔給牠麵包和一塊發綠的起司皮，然後又給了牠一塊肉、半個派、雞骨頭。因為餓得厲害，牠來不及分辨滋味就迅速地把這些東西一下子全吃了，而且越吃越餓。

「嗯，看來你的主人沒好好餵你！」陌生人看見牠這麼狼吞虎嚥，說道，「你多瘦啊！皮包骨……」

凱西坦卡吃了很多，沒有吃夠，而是吃醉了。飯後牠在房間的中間伸開腿舒展地躺著，感到全身慵懶舒暢，於是搖起了尾巴。牠的新主人靠在安樂椅裡抽菸，牠則邊搖尾巴邊盤算：在哪裡更好？陌生人這裡還是細木匠那裡？陌生人的地方又窮又難看：除了安樂椅、長沙發、燈和地毯什麼都沒有，房子也顯得很空；細木匠的住處東西很多：他有桌子、工作臺、刨花堆、鉋子、鑿子、鋸子、鳥籠和一隻黃雀，還有盆子……陌生人這裡什麼味道都沒有，細木匠家則總是煙霧繚繞，瀰漫著好聞的膠水味、油漆味、刨花味。可是陌生人有一個很重要的好處：給好多吃的。還有，一定得為他說句公道話，當凱西坦卡蹲在桌子前懇求地看著他，他一次也沒有打牠，沒有跺腳，也沒有叫著：「滾開，該死的！」

新主人抽完菸走了出去，一會兒又回來了，手裡拿著個小坐墊。

「嘿，你，小狗，到這裡來！」他把墊子放在沙發旁的角落，說道，「躺在這裡，睡覺！」

然後他熄了燈，出去了。凱西坦卡在墊子上伸開腰，閉上了眼睛，街上傳來了狗叫聲。牠想回叫，可是忽然間，心裡充滿了悽惶的感覺，牠想起了盧卡·亞歷山大雷奇、他的兒子費秋什卡、工作臺下面舒服的小窩……牠想起，在那些漫長的冬夜裡，當細木匠刨木頭或大聲讀報時，費秋什卡常常和牠一起玩……他抓住牠的後腿把牠從工作臺底下拉出來，跟牠玩各種把戲，讓牠頭暈眼花、渾身疼痛。他叫牠用兩條後腿走路，讓牠當鈴鐺，也就是用力拉牠的尾巴，痛得牠又是吱吱叫又是汪汪叫，還給牠聞菸斗……最難受的是這種把戲：費秋什卡用線綁著一塊肉給凱西坦卡，然後，當牠把肉吞下了，再大笑著把肉從牠的胃裡拉回去。凱西坦卡越是清楚地想起這些，就哭得越大聲、越傷心。

可是很快疲倦和溫暖勝過了憂傷……牠睡著了。在牠的夢境裡有一些狗跑起來，同時還有一隻毛茸茸的老捲毛狗，眼睛上有白斑，鼻子周圍的毛打著結，這狗是今天白天牠在街上看到的。費秋什卡手裡拿著鑿子追這條捲毛狗，然後他自己忽然長滿了捲毛，快活地叫起來，他來到凱西坦卡身邊，他們友善地互相嗅嗅，就跑到街上去了……

三　新交的好朋友

凱西坦卡睡醒時天已經亮了，街上傳來了只屬於白天的喧鬧。房間裡一個人都沒有。凱西坦卡伸伸懶腰，打了個哈欠，氣惱而陰沉地在房間裡走來走去，嗅遍了各個牆角和家具，看了看外屋，沒有找到一點有趣的東西。除了通向外屋的門，還有一扇門。凱西坦卡想了想，用兩個爪子抓撓一番，開了門，走進另一間屋子。一個客戶睡在床上，身上蓋著毛毯，凱西坦卡認出他就是昨天那個陌生人。

「嗚嗚……」牠低聲吼著，可是牠想起了昨天的飯，又開始搖尾巴，四處嗅起來。

牠嗅嗅陌生人的衣服、靴子，發現這些東西散發出很重的馬味。臥室裡還有一扇門通向什麼地方，這門也是關著的。凱西坦卡抓撓了幾下，用胸脯一頂，就把門開開了，隨即牠就聞到一種奇怪的氣味，非常可疑。凱西坦卡預感會遇到敵人，牠低吼著，東瞧西望地走進一個貼著骯髒壁紙的小房間，又嚇得馬上往後退。牠看到了一個沒想到的可怕東西。一隻灰色的鵝把脖子和腦袋貼著地面，張開翅膀，嘎嘎叫著，直朝牠走過來。鵝旁邊一塊小墊子上躺著一隻白貓。看到凱西坦卡，牠跳起來，弓起背，豎起尾巴，炸起毛，也嘶嘶地叫起來。小狗嚇壞了，可是不想暴露牠的恐懼，於是大叫著向貓撲去……貓把背弓得更高了，嘶嘶叫著，用爪子打了凱西坦卡的腦袋一下子。凱西坦卡閃到一旁，四爪趴在地上，把臉伸向貓，發出很大聲的尖叫。這時候鵝從背後走過來，用喙把牠的背啄得發疼，凱西坦卡跳起來朝鵝撲去……

「怎麼回事？」有人生氣地大聲說。陌生人穿著睡袍，叼著香菸走進房間：「怎麼了？回到自己的地方去！」

他走到貓前面，拍了一下牠弓起的背，說道：

「費奧多爾．季莫菲伊奇，這是什麼意思？打架嗎？嘿，你這個老混蛋！躺下！」

他又對著鵝高聲說：

「伊萬．伊萬內奇，回去！」

貓順從地躺到牠的小墊子上，閉上了眼。從牠的鬍子和面部表情來看，牠也對自己的衝動和打架不滿意。凱西坦卡委屈地哭起來，而鵝伸長脖子很快地說了些什麼，說得很激烈，清清楚楚的，但就是一點都聽不懂。

「好了，好了！」主人打著哈欠說，「要和氣友愛地過日子。」他撫摸了凱西坦卡幾下，接著說：「小紅毛，你別怕……牠們很好，不會欺負你的。等等，我們叫你什麼呢？沒有名字可不行，老弟。」

陌生人想了一下，說：

「那麼……你就叫——喬特卡[1]……懂了嗎？喬特卡！」

他重複了幾遍「喬特卡」這個詞就出去了。凱西坦卡坐下，開始觀察。貓一動不動地待在小墊子上，假裝睡覺。鵝伸長了脖子原地踏步，繼續很快地說著什麼，非常激動。看樣子這是一隻很聰明的鵝，牠每發表完一大段演說，就會吃驚地倒退一步，好像在讚歎自己的演講……凱西坦卡聽了一陣子，發出「嗚嗚」的聲音作為回答，然後就開始到處嗅。牠看到一個角落裡放著一個小盆子，裡面有泡過的豌豆和泡軟的黑麵包皮。牠嘗了嘗豌豆——不好吃，嘗了嘗麵包皮——吃了起來。鵝看見這條不認識的狗吃牠的食，並不生氣，相反，牠說得更加熱烈了，而且為了表示信任，自己也走到盆子前面吃了幾顆豌豆。

四　特技表演

過了一會兒，陌生人又走了進來，帶來了一個像門又像字母П的怪東西。在這個粗製濫造的П形木架的橫梁上掛著一個鈴鐺，拴著一把手槍，鈴鐺的舌頭和手槍扳機上都連著小繩子。陌生人把這個木架放在房間中間，花了半天解開什麼又繫上什麼，然後看看鵝，說道：

1 俄語意為嬸嬸、姑媽。

「伊萬．伊萬內奇，請吧。」

鵝走到他面前停下，做好準備的姿勢。

「好了，」陌生人說，「從頭開始。首先鞠躬，行屈膝禮。來吧！」

伊萬．伊萬內奇伸長脖子，兩腳一併，向四下點頭。

「不錯，做得好……現在，裝死！」

鵝仰面朝天躺下，兩隻腳掌向上舉著。又演了幾個類似的小節目之後，陌生人忽然抱住頭，做出恐怖的表情，嚷道：

「警報！失火了！失火了！」

伊萬．伊萬內奇跑到木架的前面，咬住繩子，拉響了鈴鐺。

陌生人很滿意。他摸摸鵝的脖子說：

「很好，伊萬．伊萬內奇！現在你假設你是個珠寶商，賣金子和鑽石。現在假設你走進自己的店裡，看見了小偷。這時候你怎麼辦？」

鵝咬住另一條繩子一拉，隨即發出一聲震耳的槍聲。凱西坦卡很喜歡鈴聲，槍聲更讓牠興奮不已，所以牠圍著木架又跑又叫。

「喬特卡，回去！」陌生人對牠喊道，「不要叫！」

開完槍，伊萬．伊萬內奇的任務還沒完。之後整整一小時，陌生人都用長索拴著牠，啪啪地甩著鞭子，趕著牠圍著自己跑。另外，鵝還要跳障礙、鑽圈子、直立，也就是尾巴著地，兩隻腳掌不停晃動。凱西坦卡的眼睛一直離不開伊萬．伊萬內奇，興奮地直叫，好幾次大叫著跟著牠跑。陌生人把鵝和自己都累得要命，隨後他擦擦額頭，喊道：

「瑪莉亞，把哈福洛尼亞．伊萬諾夫娜叫來！」

不一會兒就傳來了呼哧呼哧的聲音……凱西坦卡嗚嗚地叫起來，做出很勇敢的樣子，可是為了防備萬一還是靠近陌生人。門開了，一個老太婆露了個頭，說了些什麼，然後放進來一頭很難看的黑豬。這豬根本不管凱西坦卡嗚嗚的叫聲，揚起嘴巴，開心地呼哧起來。看樣子牠很樂意看見自己的主人、貓和伊萬．伊萬內奇。牠走到貓身邊，用嘴巴輕輕地碰牠的肚子下面，又跟鵝聊起什麼來。牠的動作、聲調，牠的小尾巴的顫動，都傳達出很多的善意。凱西坦卡馬上明白了，用不著對著這位嗚嗚叫或汪汪叫。

主人把木架收走，喊了聲：

「費奧多爾．季莫菲伊奇，請！」

貓站起來，懶洋洋地抻抻身子，不大樂意，好像屈就似的，走到豬的身邊。

「現在，我們從埃及金字塔開始吧。」主人說道。

他給那三位講了好半天，然後下達了指令：「一，二，三！」一聽到「三」，伊萬．伊萬內奇就拍著翅膀跳上了豬背……牠晃動著翅膀和脖頸找平衡，當牠在鬃毛密布的豬背上站穩以後，費奧多爾．季莫菲伊奇沒精打采、顯然心不在焉地，帶著對自己的技藝不屑一顧的表情，懶洋洋地爬上了豬背，然後不情願地爬到鵝身上，用兩條後腿直立起來。陌生人稱為「埃及金字塔」的節目成功了。凱西坦卡興奮地尖叫起來，但這時老貓打了個哈欠，失去了平衡，從鵝身上掉了下來。伊萬．伊萬內奇晃了幾下也掉下來了。陌生人揮動著手臂叫起來，又開始講。金字塔足足練了一個小時，然後不會累的主人又開始教伊萬．伊萬內奇騎到貓的背上，然後教貓抽菸等等。

最後課上完了，陌生人擦掉額頭上的汗，出去了。費奧多爾．季莫菲伊奇嫌棄地呼嚕兩聲，躺到小墊子上閉起了眼睛；伊萬．伊萬內奇走到小盆子前補充體力；豬被老太婆帶走了。因為有一大堆新鮮見聞，凱西坦卡不知不覺就過了一天。晚上，牠和牠的小墊子已經被放在糊著髒壁紙的房間裡，跟費奧多爾．季莫菲伊奇和鵝一起過夜了。

五　天才！天才！

一個月過去了。

凱西坦卡已經習慣有人每天晚上給牠吃好吃的飯，稱牠為喬特卡。牠也跟陌生人和新室友混熟了。日子過得很自在。

每天的開始都一樣。一般最早醒來的是伊萬．伊萬內奇，牠醒了以後會馬上走到喬特卡或貓的身邊，伸長脖子，熱烈而雄辯地說起什麼來，但大家照舊聽不懂牠的話。有時候牠會仰著頭發表一篇冗長的獨白。剛認識的時候，凱西坦卡以為牠說那麼多是因為聰明，但沒過多久就完全失去了對牠的尊敬。當鵝走到牠面前滔滔不絕時，牠已經不再搖尾巴，還對牠很輕慢，就像對一個不讓人睡覺的討厭的話匣子一樣，沒有禮貌地以「嗚嗚」的叫聲作為回答……

而費奧多爾．季莫菲伊奇是另一種類型的先生。這一位睡醒之後不出一點聲音，一動都不動，甚至連眼都不睜。牠大概不想醒過來，因為牠好像不怎麼喜歡生活，對什麼都不感興趣，對什麼都沒精打采、漫不經心，對什麼都輕蔑，甚至吃完那麼好吃的飯，還要嫌棄地哼一聲。

凱西坦卡睡醒之後就開始在各個房間到處走，到處嗅。只有牠和貓能在這間房子裡到處活動，鵝無權邁過糊著髒壁紙的小房間的門檻，而哈福洛尼亞．伊萬諾夫娜則住在院子的一個什麼小棚子裡，只有訓練時才出現。主人醒得很晚，喝完茶就立刻開始練把戲。每天都把木架、鞭子、圓圈拿進房間，每天差不多都做一樣的事。訓練會持續三、四個小時，以至於有時候費奧多爾．季莫菲伊奇累得像個醉漢那樣直晃。伊萬．伊萬內奇張開嘴喘著大氣，而主人則臉通紅，額上的汗怎麼也擦不乾。

白天又訓練，又吃飯，很有意思，晚上就沒什麼意思了。通常晚上主人會帶著鵝和貓去什麼地方。喬特卡獨自留下，就在小墊子上躺下，悽惶起來……這悽惶是不知不覺襲來，漸漸把牠罩住的，就像黑暗慢慢籠罩了房間。這隻狗先是一點都不想叫，不想吃東西，不想在各個房間跑來跑去，甚至不想出去散步了，然後在牠的腦子裡出現了兩個不太清晰的身影，不知是狗還是人，他們的臉親切可愛，可是認不清楚，他們出現時喬特卡會搖尾巴，牠覺得過去在哪裡見過他們、愛過他們……牠昏昏睡去時，總是覺得這兩個身影散發出膠水、刨花和油漆的味道。

當牠已經完全適應了新的生活，從一條瘦骨嶙峋的看門狗變成一隻餵得很好的壯狗，有一天訓練之前，主人摸摸牠，說道：

「喬特卡，我們該幹正事了。你不能再吊兒郎當了。我想把你訓練成演員……你想當演員嗎？」

此後他開始教牠各種本事。第一課，牠學用後腿站立和走路，牠特別喜歡這個。第二課，牠後腿站起來以後，要跳起來抓主人舉在離牠很高的地方的糖塊。然後在接下來的訓練裡他學了跳舞，拴著一根繩子跑圈，跟著音樂的節奏叫，拉鈴，開槍，一個月後已經很能代替費奧多爾．季莫菲伊奇表演「埃及金字塔」了。牠很樂意學，對自己的成績很滿意，拴著繩索伸著舌頭跑，跳圈，騎在老費奧多爾．季莫菲伊奇背上，這些事讓牠開心至極。每次成功做完一個把戲牠都會興奮得大叫，老師很吃驚，也興奮起來，不住地搓手。

「天才！天才！」他說，「毫無疑問的天才！你註定會成功！」

喬特卡聽慣了「天才」這個詞，主人每次這麼說時牠都會搖尾巴和回頭看，好像這是牠的綽號似的。

六 不安的一夜

喬特卡做了個狗常做的夢：看門人舉著掃帚追牠，被嚇醒了。

房間裡靜悄悄的，又黑又悶，身上有跳蚤，咬得慌。喬特卡過去從來不怕黑，可是現在牠不知為何覺得怕，想叫喊。主人在隔壁房間大聲地歎了口氣，豬在牠的棚子裡哼了幾聲，然後又沒有聲響了。想想吃的東西，心情就會輕鬆些，於是喬特卡想起今天牠偷了費奧多爾·季莫菲伊奇的一個雞爪，藏在客廳的櫃子和牆之間了，那裡有很多蜘蛛網和灰塵。不妨現在去看看雞爪還在不在。很可能被主人找到吃了。可是天亮前不能出房間——這是規矩。喬特卡閉上眼，想快點睡著，牠知道，根據經驗，越快睡著，越快天亮。可是，忽然，離牠不遠的地方傳來了一種奇怪的叫聲，讓牠嚇了一跳，四條腿一塊離地，跳了起來。這是伊萬·伊萬內奇叫的，但這叫聲不是平時那種囉嗦又雄辯的叫法，而是一種又野又尖又不自然的叫聲，就像開門時吱吱嘎嘎的聲音。喬特卡在黑暗中什麼都看不見，牠搞不懂是怎麼回事，更害怕了，就叫了起來：

「嗚嗚嗚……」

過了不久時間，跟牠可以啃乾淨一塊好骨頭的時間差不多，鵝沒有再叫。喬特卡慢慢安穩了，開始打盹。牠夢見兩條大黑狗，去年的毛還沒脫落，一綹一綹地掛在腿上和身子兩側。牠們貪饞地從一個大木盆裡吃餿水，那餿水冒著白氣，聞起來很香。牠們偶爾看看喬特卡，齜齜牙，哼哼著，意思是：「你不准吃！」可是一個穿皮襖的男人從房子裡跑出來，用鞭子把牠們趕跑了，於是喬特卡走到木盆前吃了起來。然而那男人一進屋門，兩條黑狗就咆哮著向牠撲來，忽然又響起了尖利的叫聲。

「嘎！嘎！」伊萬．伊萬內奇叫道。

喬特卡醒了，跳起來，沒有離開墊子，發出一串哀嚎。牠覺得發出叫聲的不是伊萬．伊萬內奇，而是個某個外來者。在草棚那邊，豬不知為何又哼了起來。

可是這時候傳來踢踢踏踏的拖鞋聲，穿著睡袍、舉著蠟燭的主人走進小房間。搖晃的燈光在髒壁紙和天花板上跳動著，趕走了黑暗。喬特卡看到房間裡並沒有外人。伊萬．伊萬內奇坐在地板上，沒有睡覺。牠的翅膀張開，嘴也張著，整個看起來好像累壞了，想喝水。老費奧多爾．季莫菲伊奇也沒有睡。可能牠也是被叫聲吵醒的。

「伊萬．伊萬內奇，你怎麼了？」主人問鵝，「你叫什麼？你病了？」鵝不出聲。主人摸摸牠的脖子，捋捋牠的背，說道：

「你這怪物，自己不睡，也不讓人家睡。」

主人出去了，也把光亮帶走了，黑暗再次降臨。喬特卡很害怕。鵝沒有叫，但牠再次感到黑暗中有個什麼外來者。最可怕的是沒辦法咬他，因為他是看不到的、是無形的。不知為何牠覺得今夜一定會發生什麼很不好的事。費奧多爾．季莫菲伊奇也很不安。喬特卡聽到牠在自己的墊子上扭來扭去，打哈欠，晃腦袋。

街上的什麼地方有人在敲門，豬在小棚子裡哼哧。喬特卡哀叫起來，向前伸出兩條腿，把腦袋放在上面。牠在敲門聲中，在不知道為什麼不睡覺的豬的哼哧聲中，在黑暗和寂靜中，感覺到跟伊萬．伊萬內奇的叫聲中同樣的憂傷和恐懼。一切都令人惴惴不安，提心吊膽。可是為什麼？這個看不見的外來者是誰？這時候兩個渾濁的綠色光點在喬特卡旁邊閃了一閃，這是費奧多爾．季莫菲伊奇從認識以來第一次走近牠。牠想幹什麼？喬特卡舔了一下牠的爪子，並沒問牠來幹什麼，只用不同的音調輕輕叫了幾聲。

「嘎！」伊萬．伊萬內奇叫道，「嘎，嘎！」

門又開了，主人拿著蠟燭走進來。鵝姿勢沒變，張開翅膀，張著嘴坐在地上。牠的眼睛閉著。

「伊萬．伊萬內奇！」主人叫牠。

鵝一動不動。主人在牠面前的地板上坐下，默不作聲地看了牠一會兒，說：

「伊萬．伊萬內奇！這是怎麼回事！你是要死了嗎？嘿，現在我想起來了，想起來了！」他抱住腦袋喊起來，「我知道這是怎麼回事了！這是因為今天馬踩了你！我的上帝，我的上帝！」

喬特卡不明白他說的話，可是從他的臉上看出來，他也在等著一件可怕的事發生。牠把臉伸向黑漆漆的窗戶狂叫起來，覺得那個外來者就在那裡。

「牠要死了，喬特卡！」主人把兩手一拍，說，「沒錯，沒錯，牠要死了！死神到了你們的房間。我們怎麼辦啊？」

臉色蒼白、憂心忡忡的主人歎著氣，搖著頭回他的臥室去了。喬特卡很怕留在黑暗中，就隨著他走了出去。他在床上坐下，說了好幾次：

「我的上帝，怎麼辦呢？」

喬特卡在他的腳旁走來走去，不明白他為何那麼憂傷，為什麼大家都那麼不安，牠極力想弄明白，就盯著主人的每個動作。費奧多爾．季莫菲伊奇本來很少離開牠的墊子，這時候也走進了主人的臥室，在主人腳邊蹭來蹭去。牠晃動著腦袋，好像想甩掉沉重的想法，又疑心地往床底下看。

主人拿起一個小碟子，從洗臉盆往碟子裡倒了點水，又走到鵝身旁。

「喝吧，伊萬．伊萬內奇！」他把碟子放在牠面前，柔聲說，「喝吧，老兄。」可是伊萬．伊萬內奇沒有動，也沒有睜眼。主人按著牠的頭往碟子湊過去，把牠的嘴浸到水裡，可是鵝沒有喝水，牠的翅膀張得更開了，而腦袋就那麼倒在碟子上再沒動彈。

「不，一點辦法也沒有了！」主人歎了口氣，「全完了。伊萬．伊萬內奇完蛋了！」順著他的臉蛋滾下一些亮亮的水珠，就像下雨時窗戶上的水珠一樣。喬特卡和費奧多爾．季莫菲伊奇不明白怎麼回事，就緊緊靠著他，害怕地看著鵝。

「可憐的伊萬．伊萬內奇！」主人悲傷地歎著氣，說，「我還想春天時帶你去別墅，跟你一起在綠草地上散步呢！親愛的動物、我的好夥伴，你已經死了！現在沒有你，我該怎麼辦啊！」

喬特卡覺得牠也會發生同樣的事，就是說不知怎麼搞的，閉上眼睛，伸直腿，齜著牙，大家都害怕地看著牠。看起來費奧多爾．季莫菲伊奇的腦子裡也轉著同樣的念頭，這隻老貓從未像現在這樣陰沉、愁悶。

天慢慢發亮了，小房間裡已經沒有那個讓喬特卡害怕的看不見的外來者。天大亮以後，看門人來了，他抓著鵝的腳掌，把牠不知帶到哪裡去了。又過了一會兒老太婆進來，把小食盆拿走了。

喬特卡走到客廳，看了看櫃子後面：主人沒有吃雞爪，它好好地擺在原處，在那個滿是灰塵和蜘蛛網的地方放著。可是喬特卡沒有心情，情緒低落，想哭。他連聞都沒有聞那雞爪，就鑽到了沙發下面。牠在那裡坐下，用細細的嗓音小聲哭起來：

「嗚嗚嗚……」

七 不成功的首演

那天晚上，主人走進貼著髒壁紙的小房間，搓著手說：

「就這樣吧……」

他還想說點什麼，可是沒說就走了。喬特卡在訓練時學會了準確理解他的臉色和語氣，所以猜到他很緊張、有心事，好像還在生氣。過了一會兒他回來了，說道：

「今天我要帶著喬特卡和費奧多爾．季莫菲伊奇。今天你，喬特卡，代替已故的伊萬．伊萬內奇表演埃及金字塔。見鬼！一點都沒準備好，還沒教好呢，排練也很少！我們會丟臉，會搞砸的！」

然後他又出去，一會兒穿著皮大衣，戴著高筒禮帽回來了。他走到貓的前面，拉著牠的前腿讓牠立起來，把牠包在皮大衣裡胸前的地方，在此期間，費奧多爾．季莫菲伊奇顯得很漠然，連眼都懶得睜。看起來，牠對一切都完全無所謂：躺著或被拉著腿站起來，趴在墊子上或安臥在主人胸前的皮大衣裡……

「喬特卡，我們走。」主人說。

喬特卡什麼都不明白，就搖著尾巴跟他走了。一分鐘以後牠已經上了雪橇，坐在主人旁邊，聽到他因為寒冷和緊張而縮著身子，嘟囔道：

「我們會丟臉！會搞砸的！」

雪橇停在一座大房子旁邊，這房子很怪，像一個倒扣的大湯碗。這個房子正面有一條長長的走道和三扇玻璃門，點著十幾盞燈，亮晃晃的。三扇門轟然打開，好像大嘴一樣，把門口來來往往的人吞了進去。人很多，不時有馬跑到門口停住，可是沒看見有狗。

主人把喬特卡抱起來包進懷裡，和費奧多爾．季莫菲伊奇一起。大衣裡又黑又悶，可是暖和。兩個渾濁的綠色亮點閃了一下——這是貓睜了一下眼，因為鄰居又涼又硬的爪子驚動了牠。喬特卡舔舔牠的耳朵，想待得盡量舒服一些，就不安分地扭動著。牠的冷爪子揉搓著身子下面的貓，無意中把頭伸出了大衣，但馬上生氣地叫起來，又躲了進去。牠覺得自己看到了一個光線不好的大房間，裡面有很多稀奇古怪的東西，房間兩邊立著兩道隔板和柵欄，裡面是各種可怕的臉：馬的臉，長著犄角的臉，長著尖耳朵的臉，還有一張巨大的胖臉，臉上沒有鼻子，卻有一條尾巴，嘴裡伸出兩根啃光的長骨頭。

貓在喬特卡的爪子下嘶啞地叫起來，但這時大衣打開了，主人說了聲「下！」，費奧多爾·季莫菲伊奇和喬特卡就跳到了地上。牠們在一個小房間裡，四壁是灰撲撲的木板，除了一張有鏡子的小桌子、一張凳子和掛在各個角落的破衣服，再沒有別的家具了，沒有燈也沒有蠟燭，但牆上釘著一根小管子，裡面發出很亮的扇形火光。費奧多爾·季莫菲伊奇舔了舔被喬特卡揉亂的毛，走到凳子下躺下來。主人開始脫衣服。他仍然很緊張，不停地搓手……像在家準備躺進絨布被子裡那樣，他脫衣服，就是說除了內衣全都脫了，然後坐在凳子上，對著鏡子對自己做一些非常奇怪的事。首先他在頭上戴上假髮，這假髮中間有一條縫，兩頭各有一綹頭髮豎起，好像兩個犄角；然後他在臉上塗了厚厚的一層白東西，又在白色上面畫眉毛、鬍子和紅臉蛋。他的花招到此還不算完。畫完了臉和脖子，他開始穿一件特別的衣服，很浮誇，從前喬特卡不管是在家還是在街上都沒見過這樣的衣服。想想看，一條寬得不得了的褲子，是用小市民家的窗簾或家具蓋布那種大花布料做的，一直提到腋下，一條褲腿是褐色的，另一條是淺黃色的。主人套完褲子，還穿了一件鋸齒形領子、背後有一顆金星的襯衫，花哨的長襪和綠色的靴子……

喬特卡眼花撩亂又心慌意亂。這個白臉和像口袋一樣的身形散發著主人的味道，嗓音也是熟悉的主人的聲音，可是有幾分鐘牠被懷疑折磨，想從這個花哨的身形旁跑開，想叫。新的地方、扇形的燈光、氣味、主人發生的變異，所有這些都使牠感到莫名的恐懼，牠預感一定會遇到什麼可怕的東西，比如那張沒有鼻子，卻有一根尾巴的胖臉。而且牆外遠遠的什麼地方還演奏著可恨的音樂，不時傳來莫名其妙的聲浪。只有一件事讓牠安心，那就是費奧多爾・季莫菲伊奇的淡定。牠心安理得地在凳子下打盹，連挪動凳子時都沒睜眼。

一個穿禮服和白背心的人往房間裡探了個頭，說道：

「阿拉貝拉小姐馬上出場。她之後是您。」

主人什麼都沒說。他從桌子下拉出一個不大的箱子，坐下等著。從他的手和嘴唇可以看出他很緊張，喬特卡聽到他喘氣不勻。

「若爾日先生，請吧！」有人在門外喊道。

主人站起來，畫了三次十字，然後把貓從凳子下面弄出來，塞進箱子裡。

「過來，喬特卡！」他小聲說。

喬特卡什麼都不明白，就朝他的手走去。他吻吻牠的腦袋，把牠放在費奧多爾・季莫菲伊奇的旁邊。然後一片黑暗……喬特卡踩著貓，撓著箱子，嚇得一聲都叫不出來，而箱子卻像在浪頭中一樣搖晃起來，顫動不停……

「我來了！」主人大聲喊著，「我來了！」

喬特卡感覺到，喊了這一聲之後，箱子碰上了一個很硬的東西，不再搖晃了。牠聽到一陣隆隆作響的聲浪，這是有人在拍打，一定是拍打那個臉上沒有鼻子，卻有一根尾巴的傢伙，這個傢伙特別大聲地吼叫和哈哈大笑，讓箱子的鎖都顫動起來了。喬特卡耳邊傳來了主人尖利刺耳的笑聲，這是對聲浪的回答。他在家可從來沒有這樣笑過。

「哈哈！」他喊道，極力想壓過那聲浪，「親愛的觀眾！我剛從車站來！我的奶奶翹辮子了，給我留下了遺產！這箱子裡的東西很重……顯然是金子……哈，哈！也說不定是一百萬！現在我們打開看看……」

箱子上的鎖「啪」的一響，強烈的光線頓時打在喬特卡眼睛上。牠一下子從箱子裡跳出來，被那聲浪震得什麼都聽不清楚，牠不停地尖聲叫著，圍著主人拚命跑起來。

「哈！」主人喊道，「原來是費奧多爾．季莫菲伊奇大叔！還有親愛的姑媽！親愛的親戚，見你們的鬼！」

他臉朝下摔在沙子上，抓住貓和喬特卡，擁抱牠們。喬特卡趁著被他緊緊抱著時，掃了一眼命運帶牠進入的這個世界。牠被這世界的巨大震撼了，又驚又喜，瞬間呆住了，然後從主人的懷抱裡掙脫出來，因為受到強烈的刺激，牠像個陀螺一樣原地打起轉來。這個新世界非常大，充滿亮光，不管朝哪裡看，到處都是臉、臉、臉，從地板到頂棚都是臉，再沒有別的。

「姑媽，請您坐下！」主人喝道。

喬特卡記得這話的意思，於是跳到椅子上坐下。牠看看主人。他的目光像平時一樣，既嚴肅又柔和，可是他的臉，特別是嘴和牙，卻被一個不會動的大大的笑臉弄醜了。他本人又是哈哈大笑，又是蹦跳，又是扭動肩膀，做出因為看見這幾千張臉而非常開心的樣子。喬特卡相信他是真的開心，牠忽然從頭到腳感覺到這幾千張臉在看牠，於是牠抬起那張狐狸似的小臉，高興地大叫起來。

「您，姑媽，請坐一會兒，」主人對牠說，「我跟大叔先跳個卡馬林斯基舞。」

費奧多爾．季莫菲伊奇知道又要讓牠幹蠢事了，牠站在那裡滿不在乎地東瞧西看。牠跳得沒精打采、心不在焉、悶悶不樂，從牠的動作、尾巴和鬍子都看得出，牠對觀眾、對強光、對主人、對自己都非常看不起……跳完自己的戲分，牠打了個哈欠，坐下了。

「現在，姑媽，」主人說，「我跟您先唱歌，然後跳個舞，好嗎？」

他從衣服口袋裡掏出了一個小笛子吹起來。喬特卡一聽音樂就控制不住，在椅子上不安地扭動起來，並開始叫。四面八方響起叫好聲和掌聲。主人鞠了個躬，等安靜下來以後，繼續吹……當吹到一個很高的音，樓上觀眾裡有一個人大叫了一聲。

「姑媽！」一個孩子的聲音喊道，「這是凱西坦卡！」

「就是凱西坦卡！」一個醉醺醺、顫悠悠的男高音附和道，「凱西坦卡！費秋什卡，叫上帝懲罰我吧，這是凱西坦卡！來這裡！」

樓座上有人打呼哨，一個孩子、一個男人，兩個人大聲呼喚：

「凱西坦卡！凱西坦卡！」

喬特卡嚇了一跳，看了看發出喊聲的地方，牠看見兩張臉，一張是鬍子拉碴、帶著醉意、嬉笑的臉，另一張是胖嘟嘟、紅撲撲的臉，帶著驚嚇的表情，這兩張臉刺著牠的眼睛，就像剛才的強光一樣……牠想起來了。牠從椅子上掉了下來，摔在地上，然後一躍而起，快樂地尖叫著朝這兩張臉撲去。響起了震耳欲聾的聲浪，中間夾著呼哨聲和孩子的尖聲叫喚：

「凱西坦卡！凱西坦卡！」

喬特卡跳過欄杆，經過什麼人的肩頭到了一個包廂，要到上面一層，得越過一面高牆。喬特卡跳起來，可是沒能跳那麼高，順著牆滑了下來。而後牠被大家傳遞著，一路舔著什麼人的手或臉，越來越高，終於到達了樓座……

半個鐘頭後，凱西坦卡已經跟著兩個散發著膠水和油漆味的人走在街上了。盧卡・亞歷山大雷奇搖搖晃晃，本能和經驗教他盡量離水溝遠些。

「我媽生下我這個孽障……」他嘟囔著，「你、凱西坦卡，腦子不夠用。拿你和人比，就像拿粗木匠跟細木匠比。」

費秋什卡戴著父親的帽子，走在他的身邊。凱西坦卡望著他倆的後背，覺得已經跟著他們走了很久，牠很高興牠的生活一分鐘也沒中斷過。

牠想起了糊著髒壁紙的小房間、鵝、費奧多爾．季莫菲伊奇、好吃的飯、訓練、馬戲，可是現在牠覺得這一切就像一場又長又亂的噩夢……

沒意思的故事（一個老人的筆記）

一

有一位資深教授尼古拉．斯捷潘諾維奇，他是三品官，勛章得主。他得過的勛章多得不得了，有俄國的、有外國的，在一些場合他得把這些勛章都掛在胸前，這時學生就會叫他「聖像牆」。和他來往的都是最精英的人士，至少在近二十五年到三十年，所有著名學者都至少跟他有過短暫的來往。現在他已經沒什麼人可來往了，可是說起過去，他那長長的顯赫朋友的名單是以彼羅戈夫[1]、卡維林[2]和詩人涅克拉索夫結尾的。他和這些朋友有過最真摯溫暖的友情。他是所有俄國大學和三所國外大學的委員。我的所謂「名望」意味著以上種種，而且遠遠不止。

我的名氣很大，在俄國，每個念過書的人都知道我的名字；而在國外的學術會議上，提到我的名字時一定要加「著名的」和「德高望重的」這樣的帽子。我的名字躋身於那為數不多的幸運者名單中——如果你在演講或報刊上對它有所不敬就會被當作素質低下。這是理所當然的。因為我的名字和「享有盛名」、「富有天才」，以及，不用說，「有益於世」這些概念緊緊地連結在一起。我像駱駝一樣勤奮耐勞，這很重要；我有天分，這更重要。況且，順便說一句，我是一個有教養、謙遜而誠實的小人物。對文學或政治從不置喙，也不試圖藉由和不學無術的人辯論而博取知名度，無論是在宴會上還是在同行的葬禮上我都不發表演說……總之，作為學者，我的名字沒有一點瑕疵，誰都無話可說。它是個幸運的名字。

頂著這個名字的，也就是我本人，是一個六十二歲的人，禿頭，鑲著假牙，患有治不好的面部痙攣。我的名字有多堂皇多體面，我本人就有多混沌多糟糕。因為身體虛弱，我的頭和手總是發抖，脖子好像大提琴的柄那麼細，就像屠格涅夫小說中的女主角[3]一樣。我還胸膛塌陷，後背狹窄。在我說話或講課時，嘴會歪向一邊；在我微笑時，整張臉上布滿皺紋，好像垂死的老人。我那副可憐的身體沒有一點引人注意的地方，除了面部痙攣發作時會現出一副特別的表情。這大概會讓每個看到我的人受到刺激，並產生一個冷峻的想法：「這人大概快死了。」

1 俄國外科學家、解剖學家。
2 俄國教授、法學家、歷史學家。
3 指屠格涅夫中篇小說〈一個多餘人的日記〉中的女主角。

我一如既往，講課講得不錯。像過去一樣，我能在兩個小時內始終抓住聽眾的注意力。我講課富有激情，語言優雅幽默，幾乎掩蓋了嗓音的缺陷：我的聲音乾澀、尖銳，又婉轉弄巧，就像個偽君子似的。我寫作不好，腦子裡管寫作能力的那一塊不好用。我的記憶力變差了，思想不太連貫，當我把想法付諸筆墨時，總覺得失掉了它們之間的連結；我寫的東西結構單一，句子拘謹，常常詞不達意，寫了最後忘了開頭。我經常忘記一些常用詞，要花好多力氣才能避免寫出多餘的句子和不需要的插入語——這兩者都是智力衰退的明顯表現。值得注意的是，東西寫得越短，我就越緊張越費力。比起祝賀信或簡單的書面報告，我覺得寫科學論文時自己更自如、更流暢。還有，對我來說，用德語和英語寫東西比用俄語輕鬆。

說到我現在的生活狀態，首先得說說最近經常折磨我的失眠。如果有人問我：你現在生活主要的基本特點是什麼？我就會回答：是失眠。按照習慣，我照舊在十二點脫衣上床。我入睡很快，可是一點多就會醒，感覺像沒睡過一樣。我只好起床，點上燈。我從房間的一角走到另一角，端詳那些早就熟悉的畫和照片，這樣持續一兩個小時。走煩了，就在桌子後面坐下。我一動不動地坐著，什麼都不想，也感覺不到任何願望；要是面前有一本書，我就無意識地把它拉過來，毫無興趣地讀下去。不久前我就這麼無意識地一夜讀完了一本名字奇怪的長篇小說《燕子唱的是什麼》[4]。或者，為了不讓腦子閒著，我強迫自己數到一千或是想像某個同事的面容，回憶他是哪一年、在什麼情況下開始工作的。我喜歡聆聽。不管是隔著兩個房間的女兒麗莎很快地說了句什麼夢話，還是妻子舉著蠟燭走過客廳並且一定把火柴盒掉在地上，或是乾裂的櫃子咔咔作響，或是燈芯突如其來地爆燃一下——不知為何，這些聲音都讓我緊張。

夜裡不睡覺就會覺得自己不正常，所以我焦急地等著早晨和白天的到來，那時我就有權不睡覺了。苦苦地熬了很久，院子裡的公雞終於啼叫了。牠是我的第一個喜神。牠一叫我就知道一小時後樓下的看門人會醒，上樓來做什麼事，邊走邊生氣地咳嗽。然後窗外漸漸發白，街上傳來人聲……

我的一天是從妻子走來開始的。她穿著睡裙走進我的房間，沒梳頭，但已經洗了臉，散發著花露水的味道。她總是像偶然進來一樣，每次說的話都一樣：

「對不起，我馬上走……你又沒睡？」

然後她把燈熄滅，在桌旁坐下說起話來。我不是先知，可是早就知道她要說什麼。每天早上都是那一套話。通常，在憂心忡忡地盤問過我的健康狀況之後，她會忽然想起我們的兒子。他是個軍官，駐紮在華沙。每個月二十號我們會給他寄五十盧布——這是我們談話的主要話題。

4 這是德國作家弗里德里希·施皮爾哈根的一部長篇小說。

「當然，我們的負擔很重，」妻子歎息道，「可是在他能夠完全自立之前，我們有責任幫他。孩子在異國他鄉，怪可憐的……對了，要是你願意，下個月我們不給他寄五十盧布，就寄四十盧布吧。你說呢？」

日復一日的經驗告訴我們，談論花費並不能讓花費變小，可是我妻子不信這經驗，所以每天早上一本正經地談論這位軍官，還說麵包，謝天謝地，便宜了，但是糖卻貴了兩戈比——她說這些的語氣就像在跟我報告什麼新聞。

我聽著，機械式地點著頭，大概因為夜裡沒有睡覺，腦子裡充斥著一些奇怪而無用的想法。我看著我妻子，像個小孩子一樣感到驚奇。我疑惑地問自己：這個那麼老、那麼胖、那麼笨的女人，表情遲鈍，為了瑣事操心，為了一塊麵包擔驚受怕，總是想著債務和貧窮，兩眼無神，只會談論花費，只會因為東西降價而露出笑容，難道這個女人就是當初那個苗條的瓦莉亞，我曾經那麼熱切地愛她，愛她的明慧、純情、美麗，還有，像奧賽羅愛苔絲狄蒙娜一樣，因她「青睞」我的學問而愛她？難道這就是我那妻子，那個當初為我生下了兒子的瓦莉亞？

我緊張地端詳這個虛胖又笨拙的老太婆的臉，在她身上尋找我的瓦莉亞，可是跟過去相同的只有對健康的憂心忡忡和把我的薪水說成「我們的薪水」，把我的帽子說成「我們的帽子」的句式。看著她我感到難過，所以為了哪怕能稍微安慰她一點，我允許她隨便說，就算她不公平地評判別人或是嘮叨我，埋怨我不私人行醫、不出版教科書時，我也不做聲。

結束談話的方式總是一樣的。妻子忽然想起我還沒喝茶，慌了。

「我怎麼還坐著？」她說著站起身來，「茶炊早就擺好了，但我一直閒扯。天哪，我怎麼變得這麼沒記性！」

她很快走開，在門口一定會停下來說：

「我們欠葉果爾五個月的工錢。你知道吧？不該拖欠僕人的工錢，我說過多少次了！一個月付十盧布比付五個月的輕鬆多了——一下子就要付五十盧布！」

她往外走著，會再次停下說：

「我對誰都不像對我們可憐的麗莎那麼心疼。這女孩在音樂學院念書，總是跟有身分的人來往，可是衣服那麼差。那件皮大衣都不好意思穿出去。她要是別人家的女兒也就罷了，可是大家都知道她父親是有名的教授、三品文官！」

她揶揄完我的頭銜和官銜，總算走了。我的一天就這樣開始了。當然接下來也不會更好。

我喝茶時，我的麗莎會進來看我。她穿著皮大衣，戴著帽子，夾著樂譜，已經收拾好準備去音樂學院。她二十二歲，看起來更年輕一些，長得很好，有點像我妻子年輕時的樣子。她溫柔地吻吻我的額角和手，說道：

「你好，爸爸。你身體好嗎？」

她小時候特別喜歡吃冰淇淋，我得常常帶她去糖果店。對她來說冰淇淋是一切好東西的標準。如果她想稱讚我，就會說：「爸爸，你是奶油冰淇淋。」她把一個手指叫作榛果冰淇淋，一個手指叫作奶油冰淇淋，另一個手指叫作樹莓冰淇淋，等等。一般來說，當她早上來向我請安時，我總會把她抱起來放在腿上，親她的手指頭，邊親邊說：

「奶油冰淇淋……榛果冰淇淋……檸檬冰淇淋……」

現在我也會按著過去的記憶親吻麗莎的手指，嘴裡咕噥著：「榛果冰淇淋……奶油冰淇淋……檸檬冰淇淋……」可是語氣完全不對。我像冰淇淋一樣冷，我覺得不好意思。當女兒進來看我，用嘴唇觸碰我的額角時，我會像被蜂螫了似的顫抖一下，緊張地笑著，轉過臉去。自從我受到失眠的折磨，一個問題就像釘子一樣嵌進我的腦子：我女兒經常看到我這個老人、名人，因為欠僕人的工錢而面紅耳赤，窘迫不堪。她能看見那些小債務的麻煩常常迫使我放下工作，一連幾個小時在屋裡走來走去，大傷腦筋。但為什麼她一次都不曾背著媽媽來找我，小聲說「爸爸，這是我的錶、項鍊、耳環、裙子……把這些東西都當了吧，你需要錢……」？她明明看見我和她母親由於愛面子而盡力在人前掩飾我們的貧窮，她為何不放棄音樂這種昂貴的享受？她的錶、她的項鍊、她的犧牲我都不會接受，對天發誓——我需要的不是這個。

我順便想起了我的兒子，那個駐華沙的軍官。他聰明、誠實，而且不酗酒。可是對我來說這還不夠。我想，如果我父親是老人，如果我知道他有時會因為貧窮而感到丟臉，我就會把我那軍官的位置讓給別人，自己去當一個員工。對孩子的這些想法毒害著我。他們有什麼問題？只有狹隘怨毒的人才會對平凡的人暗中懷恨，只因他們不是英雄。不過夠了，不說這些了。

九點四十五分時，我得去給那些親愛的孩子上課。我穿好衣服走在路上，這條路我已經走了三十年，對我來說是一條有故事的路。這幢灰色的大房子樓下開著一家藥店，這裡過去是一座小房子，裡面是一家啤酒店。我在這家酒館裡構思我的論文，給瓦莉亞寫了第一封情書。那封信是用鉛筆寫在一張印著「Historia morbi」[5]頁眉的病歷紙上的。那裡是一家雜貨店，當年是一個猶太人開的，他常賒給我香菸，後來由一個胖女人接手，她愛那些大學生，因為「他們每個人都有母親」。現在坐在店裡的是一個紅頭髮的商人，這人很冷淡，總是用一把銅茶壺倒茶喝。現在我到了死氣沉沉、年久失修的大學校門，穿著羊皮襖、煩悶無聊的看門人，掃帚，雪堆……在那些來自外省、初出茅廬的男孩子的想像中，科學的殿堂真的是一座殿堂，但這樣的大門恐怕不會給他們留下好印象。在俄國悲觀主義的歷史中，大學建築的破敗，走廊的陰暗，牆壁的汙跡，光線的不足，臺階、衣架和座椅的淒涼模樣總是

5 拉丁語，病歷。

名列前茅的促成因素……現在到了學校的花園。從我當學生以來，它似乎不曾變得更好或更壞。我不喜歡它。比起這些病懨懨的椴樹、萎黃的槐樹和被剪得稀稀落落的丁香，在花園裡種一些高大的松樹和偉岸的橡樹要明智得多。學生的心情多半是被環境塑造的，在他讀書的地方，應該每走一步看到的都是高大、強壯和精美的東西……願上帝保佑他們遠離這些衰敗的樹、打破的窗戶、灰色的牆和蒙著破漆布的門。

當我走上自己的臺階，門就打開了，我的老同事，跟我同年、同名的看門人尼古拉迎上來。他一邊讓我進去，一邊清清喉嚨說：

「天真夠冷的，大人！」

或者，如果我的皮大衣溼了，他就說：

「下雨了，大人！」

之後他會跑到我前面把一路上所有的門都打開。到了辦公室，他會小心地幫我脫下皮大衣，趁這個機會告訴我大學裡的某個新聞。大學裡所有的看門人和校工都很熟，藉著這種關係，不管大學的四個系，教務、校長辦公室和圖書館發生什麼，他全都知道。他無所不知！每當發生了什麼大事，比方說，校長或系主任辭職了，我就會聽到他跟年輕的校工談論，說哪些人可能繼任，接著解釋說，哪個人不討部長的喜歡，某個人自己會拒絕，進而添油加醋地談到辦公室收到的某份神祕文件，傳說中部長和督學之間的祕密談話等等。如果除掉這些細節，總而言之，他差不多都是對的。他對每位候選人的評價都很獨特，但也是中肯的。如果您想知道誰在哪一年做論文答辯、入職、退休和去世，那就把這個記憶超凡的老兵叫來幫忙吧，他不僅會告訴您年月日，還會跟您講伴隨這個或那個事件的種種細節。一個人只有懷著熱愛，才能把什麼都記得那麼清楚。

他是大學故事的傳承人。他從前輩看門人那裡繼承了很多大學生活的傳說，又給這些財富添了很多自己當差期間得到的資料，如果您願意，他可以跟您講許多或長或短的故事。他可以講那些智慧超群、無所不知的人，講幾個星期不睡覺的傑出鑽研者，講許許多多為科學而受苦而犧牲的人。在他的故事中，善總是戰勝惡，弱者總是戰勝強者，智者總是戰勝愚者，謙虛者總是戰勝驕傲者，年輕人總是戰勝老人……沒必要對所有傳說故事都信以為真，但是將之過濾一下，您就可以在裡面得到需要的東西：我們的好傳統和公認的真正英雄的名字。

在我們的社交圈子裡，學術界的新聞僅限於一些老教授精神極為恍惚的趣聞或關於格魯別爾[6]、我，或巴布辛[7]的兩三個笑話。對於有教養的社交圈來說這是不夠的。如果這個圈

---

6 俄國醫學教授、解剖學家。

7 俄國生理學家。

子像尼古拉一樣愛科學、學者和大學生，那麼它的文獻早就該有成套的史詩、故事和行狀錄了，可惜至今沒有。

尼古拉跟我講完新聞後會換上一副嚴厲的表情，我們就開始談公事。如果此時有個旁人聽到尼古拉將專業術語使用得那麼嫻熟，說不定會以為這是個扮成大兵的學者。順便說一句，大學工友的學術水準是被嚴重誇大了的。沒錯，尼古拉知道一百多個拉丁詞，會拼骨架，有時候做實驗標本，能引很長的一段科學論文逗學生樂，可是，比方說，一個簡單的血液循環的理論，他還是跟二十年前一樣搞不清楚。

辦公室裡，我的解剖員彼得·伊戈納傑耶維奇坐在桌旁，埋著頭看書或病歷。他是個勤奮謙虛但沒有才能的人，三十五歲左右，頭已經禿了，挺著大肚子。他從早到晚地工作，讀很多東西，也把讀過的東西記得很清楚——在這方面他真是厲害人物；可是在其他方面他就是個拉貨的馬，換句話說，就是個書呆子。拉貨的馬與天才的區別是：他的眼界很窄，嚴格局限於專業範圍內，在其專業以外他天真得像孩子。記得有一天早上我走進辦公室說：

「真是不幸！聽說斯克別列夫[8]去世了。」

尼古拉畫了個十字，而彼得·伊戈納傑耶維奇轉過臉來問我：

「這個斯克別列夫是什麼人？」

另一次——那是稍早時候——我告訴他彼洛夫教授[9]去世了。這位最親愛的彼得·伊戈納傑耶維奇問道：

「他教什麼課？」

看來，就是巴蒂[10]湊在他耳邊唱歌，就是中國大軍侵入俄國，就是發生了地震，他也會紋絲不動，還是瞇著眼平靜地看他的顯微鏡。總之，赫卡柏[11]跟他毫不相干。我願意不惜花一大筆錢看看這個乾巴巴的人是怎麼跟他老婆睡覺的。

他的第二個特點是迷信科學。首先是迷信德國人寫的東西都是絕對正確的。他相信自己，相信他的實驗標本，知道生活的目的，從來沒有感到過那些讓天才愁白了頭髮的懷疑和絕望。他努力地臣服於權威，沒有獨立思考的欲望。很難讓他覺醒，跟他爭論根本不可能。如果一個人認定最好的科學是醫學、最好的人是醫生、最好的傳統是醫學的傳統，你倒是跟他爭論試試！其實醫學的倒楣歷史中只有一個傳統保留下來了——那就是現在醫生打的白領結。對於學者乃至一般受過教育的人來說，只存在一個所有大學共同的傳統，不管是醫學系還是法律系等等，全都一樣。可是彼得．伊戈納傑耶維奇很難同意這一點，就這一點他可以

---

8 俄國將軍。
9 俄國畫家。
10 義大利歌劇演員。
11 希臘傳說中特洛伊國王普里安之妻，在特洛伊戰爭中失去了丈夫和幾乎所有的孩子。在此代指旁人的巨大痛苦。

一直爭論到世界末日。

我對他的未來一目了然。他一輩子會準備幾百副非常精確的標本，寫很多無趣而中規中矩的論文，做幾十份準確無誤的翻譯，可是一點創見也不會有。創見需要的是幻想、想像和猜測的能力，這些東西彼得·伊戈納傑耶維奇絕對沒有。簡而言之，在科學領域，他不是主人，而是一個打工仔。

我、彼得·伊戈納傑耶維奇以及尼古拉三個人，彼此說話時都會把聲音壓低。我們有點尷尬。當你感覺到門那邊的聽眾像海浪般喧鬧時，難免有點特別的感覺。三十年了，我還是沒有習慣，每天早上都會有這種感覺。我急躁地扣上禮服的扣子，問尼古拉一些多餘的問題，發脾氣……好像我是膽怯。但這不是膽怯，而是某種我說不出來、無法描述的東西。

我毫無必要地看看錶，說道：

「怎麼樣？該走了。」

於是我們魚貫而行。走在最前面的是舉著標本或圖表的尼古拉，隨後是我，走在我身後、謙虛地低著頭的是那拉貨的馬。或者，如果必要的話，前面是抬著屍體的擔架，擔架後面是尼古拉，以此類推。我一出現，學生就起立，然後坐下，喧鬧的海浪忽然就停止了，變得風平浪靜。

我知道我要講什麼，可是不知道怎麼講、從哪裡開始、如何結束。我的腦子裡沒有一個現成的句子。可是我只要掃一眼教室（教室的格局是圓形劇場式的），說出那句開場白：「上節課我們講到……」，一長串句子就從我的靈魂飛了出去，滔滔不絕！我的語速很快，想慢也慢不下來，充滿激情，好像沒有什麼力量能打斷它。課要講得好，也就是不枯燥，對聽課的人有益處，除了需要天分以外，還需要技巧和經驗，要對自己的力量非常有數，清楚地瞭解聽課的人，以及對講的東西胸有成竹。此外還得有心機，明察秋毫，時刻觀察聽眾的反應。

一個好的樂隊指揮在演繹作曲家的意圖時可以同時做二十件事：讀譜，揮動指揮棒，觀察歌唱演員，時而給鼓手、時而給圓號打手勢，等等。我講課也是一樣。面對著一百五十張長得不一樣的面孔和三百隻直視著我的眼睛，我的目標是打敗這個多頭怪獸。講課時，如果我時刻清楚地瞭解牠注意力集中的程度和思考的能力，牠就可以在我的掌控之下。我的另一個對手在我的體內。這個對手是永遠亂糟糟的公式、現象和定理，以及由此生發的我自己和別人的思想。我需要隨時從這一大堆材料中抽取最重要和最需要的東西，而且要和我的語速一樣快。我表達思想的方式得照顧到怪獸的理解力，要能夠喚起牠的注意，不能平鋪直敘，而是要有一定的規則和條理，要考慮合理的布局才能把這幅畫畫好。還有，我要盡量做到語言文雅，修飾語簡短準確，句子盡量簡單優美。我要時刻精神緊繃，記住只有一小時四十分鐘可用。總之，要做的事很多。要同時扮演學者、教師和演說家。如果你身上的演說家壓過了教師和學者就糟了，反之亦然。

你講了一刻鐘、半個小時，這時候你發現學生開始掃視天花板和彼得．伊戈納傑耶維奇，一個學生拿手帕，另一個學生換了個舒服的坐姿，第三個顧自微笑……這說明注意力鬆懈了，得採取措施。我抓住機會說句俏皮話，一百五十張臉都笑逐顏開，眼睛發出快樂的光，教室裡又出現了片刻的海水喧嘩之聲……我也笑了。注意力被重啟，我可以繼續了。

無論什麼運動、無論什麼消遣和遊戲，都沒有給我帶來過像講課那樣的享受。只有在課堂上我才能忘我投入，知道靈感並不是詩人臆想出來的東西，它真的存在。我覺得，立下了蓋世奇功的赫克力士[12]也不如我每次講完課那麼舒坦又疲憊。

這是過去。現在我上課時只覺得受折磨。還不到半個小時我就感到雙腿和兩肩虛弱得要命；我坐到椅子上，可是我不習慣坐著講課，所以又起身，站著繼續講，而後又坐下。我的嘴發乾，嗓音嘶啞，腦袋發暈……為了在聽眾面前掩飾窘態，我不時喝水、咳嗽、擤鼻子，好像是鼻涕妨礙了我；我說的俏皮話也不合時宜，最後提前下課。但最重要的是我覺得很慚愧。

良心和理智告訴我，現在我能做的最好的事情就是給孩子上最後一課，跟他們告別，祝福他們，把我的位置讓給比我年輕力壯的人。可是，讓上帝譴責我吧，我沒有勇氣按照良心行事。

很不幸，我不是哲學家，也不是神學家。我很清楚我活不過半年了。照理說現在我最應該考慮的是墳墓的幽冥以及那些我將在墳墓中夢見的鬼影。可是不知為何，儘管我理智上完全明白這些問題的重要性，我的心卻不想理解它們。儘管已經臨近死亡，但我仍像二三十年前一樣，只對科學感興趣。直到臨終，我也還是會相信科學是人生命中最重要、最美好、最需要的東西，不管在過去還是將來，它永遠是愛的最高表現，人只有靠它才能戰勝自然和自己。這種信念也許很天真，也許沒有根據，可是我就是抱著這樣而不是其他的信念。這怪不得我，我無法戰勝這種信念。

可是問題不在這裡。我只求世人原諒我的這個弱點，明白讓一個關心脊髓的命運超過關心世界的終極目的的人離開研究室和學生，就像不等他死了就把他釘在棺材裡。

因為失眠以及隨之而來的跟每況愈下的虛弱的緊張奮戰，我身上發生了一些奇怪的變化。上課時我會忽然喉頭哽咽，熱淚盈眶，我感到一種強烈而歇斯底里的欲望，想兩手一伸，大聲叫苦。我想大聲喊叫，說我這個名人已經被判了死刑，再過半年這個教室就將更換主人。我想喊出來，說我中毒了，我過去所不知道的新想法毒害了我最後的日子，像白蛉似的螫我的腦子。此時我的情況非常可怕，我簡直希望所有聽眾都受到驚嚇，最好能嚇得跳起

12 希臘神話中力大無比的英雄。

來，拚命喊叫著衝向門口。

這樣的時刻真是難熬。

二

下課後我坐在家裡工作，讀期刊和畢業論文，或備下一次的課，有時候寫點東西。我的工作時斷時續，因為得接待來訪者。

門鈴響了。這是一個同事進來討論事情。他拿著帽子和手杖進來，伸手把兩樣東西交給我，說道：

「我就待一下，就一下！坐下，collega[13]！就兩句話！」

我們首先要努力向對方表明我們倆都極其有禮貌並很高興見到彼此。我讓他坐軟椅，他又請我坐，與此同時我們小心地摟著彼此的腰，觸碰對方的扣子，好像我們在互相試探，害怕燙到似的。我們倆都笑著，儘管根本沒說什麼可笑的東西。我們落座後互相點頭致意，然後開始悄聲交談。不管彼此的關係多真誠，我們都不能不用一些中國套路來文飾談話，什麼「閣下曾公正地指出」啦，什麼「正如我已經榮幸地告知」啦，要是我們中的一個說了俏皮話，就算說得不怎麼樣，我們也不能不哈哈大笑。說完了正事，這位同事突然站起來，把手裡的帽子朝著我的文稿一揮，開始告辭。我們再次互相觸碰，笑容可掬。我把他送到前廳，在那裡我要幫我的同事穿上皮大衣，可是他千方百計地推脫這一高等級的禮遇。然後，當葉果爾打開門，同事就會說我會感冒的，而我假裝甚至要跟他走到外面去。當我終於回到自己的辦公室，我的臉上依然掛著笑容，可能是因為惰性。

過了一會兒門鈴又響了。有人走進前廳，用了很長時間脫外衣和咳嗽。葉果爾通報說來了個學生。我說：請進。一分鐘後進來一個長得滿好的年輕人。我跟他關係緊張已經一年了：考試時他把問題回答得很糟，我給他打了一分。每年會有七、八個這樣的學生，用學生的話說，我把他們「趕走」或「刷下來」。那些因為能力問題或生病而通不過考試的，通常都會忍辱負重，不來跟我討價還價；只有那些活潑外向的人才會來糾纏，他們因為考試不及格而茶飯不思，以至於破壞了看歌劇的節奏。對第一種人我會手下留情，對第二種人我則卡他一整年。

「請坐，」我對我的客人說，「有何貴幹？」

「對不起，教授，打擾您了……」他支支吾吾地說道，眼睛不敢直視我，「我本不敢打擾您，可是……您的課我已經考五次了，結果……都沒及格。求您高抬貴手，給我個及格，

13 拉丁語，同事。

因為……」

所有懶傢伙抬出來的理由都一樣：他們別的課都考得很好，只有我的課不及格。更令人驚訝的是，他們總是非常認真地學了這門課，也學得很好，他們是因為某種莫名其妙的差錯才不及格的。

「請原諒，我的朋友，」我對客人說，「我不能給您及格。回去好好溫習功課，然後再來吧。到時候我們再看。」

他一時語塞。我想讓這學生稍微吃點苦頭，因為他愛啤酒和歌劇勝過科學，所以我發出感慨：

「我覺得現在您能做的最好的事情就是完全放棄醫學系。如果您以自己的能力怎麼都無法通過考試，那麼顯然，您是不想當醫生，也沒有當醫生的天賦。」

外向學生的臉拉長了。

「請原諒，教授，」他乾笑了一下，「可是對我來說，這話至少顯得很奇怪。學了五年，說放棄就放棄！」

「那又怎麼樣！浪費五年的時間總比一輩子做不喜歡的事好。」

可是我隨即可憐起他來，趕緊說道：

「不過，您自己看吧。那麼，複習一下再來吧。」

「什麼時候？」這懶蟲悶悶地問道。

「隨您的便，就是明天也可以。」

我在他那雙善良的眼睛裡讀到的是：「可以來，可是你這畜生還是要卡我！」

「當然，」我說，「就算您在我這裡再考十五次，您也增長不了什麼學識，可是這可以鍛鍊您的性格。這也是好事。」

他不說話了。我站起身，等著這位客人離開，可是他站在那裡看著窗外，揪著他的小鬍子，盤算著什麼事。局面尷尬。

這外向的學生聲音清亮悅耳，眼神機靈而含著譏誚，面相溫良，只是因為經常喝啤酒和在沙發上躺太久而有些萎靡不振。看樣子他可以跟我講很多關於歌劇、關於他的愛情經歷、關於他喜歡的夥伴的趣事，可是很遺憾，這些都不能講。其實我是很樂意聽的。

「教授！我向您保證，如果您給我及格，我……」

話一說到「保證」，我就揮揮手，坐到了桌子後面。學生又想了片刻才垂頭喪氣地說：

「那麼，我告辭了……請原諒。」

「再見，我的朋友。祝您健康。」

他猶猶豫豫地走到前廳，慢吞吞地穿上外衣，走到外面，他可能又會想上半天，除了罵我一聲「老鬼」什麼都沒想出來，就去了一家破飯館喝咖啡、吃飯，然後回到住處睡覺了。安息吧，誠實的勞動者！

門鈴第三次響起，進來的是一個年輕的醫生，他穿著一身新的黑色西裝，戴著金邊眼鏡，當然，打著白領結。他做了自我介紹，我請他坐，問他有什麼事。這個獻身科學的年輕人不無緊張地對我說，今年他通過了博士學位考試，現在只剩下寫論文了。他想在我的指導下寫作，如果我給他一個論文題目，他會不勝感激。

「我樂於效勞，同行，」我說，「可是讓我們先研究一下什麼是學位論文。在通常意義上，論文是指由獨立創造成果而產生的論著，不是嗎？要是別人給題目，在別人的指導下寫文章，就該換個名稱……」

這位博士生沒有說話。我火了，一下子站了起來。

「我不明白你們為什麼總是來找我，」我生氣地嚷道，「難道我是開店的？我不賣題目！我一千零一次地請你們大家放過我！請原諒我的無禮，可是我實在受夠了！」

那位博士生一言不發，只是顴骨邊緣微微泛紅了。他的面部表現出對我的顯赫名聲和學問的深深尊敬，而從他的目光，我看出，他對我的嗓音、我可憐的身材和神經質的手勢心懷鄙夷。我發怒的樣子在他看來就像個怪物。

「我沒有開店！」我生氣地說，「怪事！您為何不想獨立自主呢？您為什麼那麼討厭自由？」

我說了很多，而他一言不發。最後我稍稍平靜了一點，當然，也就讓步了。這位博士生會從我這裡得到題目（一文不值），在我的指導下寫出一篇沒人需要的學位論文，順利通過無味的答辯，得到他需要的學位。

這些門鈴聲可以連綿不絕，但我只說四個。門鈴第四次響起，我聽到了熟悉的腳步聲，衣服窸窸窣窣的聲響，和一個親切的聲音……

我有一位眼科醫生朋友，他十八年前去世了，身後留下了一個七歲的女兒卡佳和大約六萬盧布的遺產。他在遺囑中指定我做監護人。卡佳十歲之前住在我家，後來被送到寄宿學校，只有夏天放假時才回我家住。我沒時間管她的教育，只偶爾有空了才關心一下，所以對她童年的事我所知甚少。

我記得最清楚和最喜歡回憶的是她來到我家，醫生給她看病時，她那種非常非常信任的態度。她那張小臉總是因這種信任而神采奕奕。要是她包著腮幫子坐在一邊，她一定在全神貫注地看著什麼，不管是我在寫東西或翻書，或我妻子在忙，或者廚娘在廚房洗馬鈴薯，或者狗在玩耍，她的目光中總是表現出不變的意思，那就是「這個世界上發生的一切都很美好，很有道理」。她小時候很好奇，很喜歡和我說話。有時候她坐在桌子對面，一邊看我做事一邊向我提問題。她想知道我在大學教什麼課、做什麼事，是不是害怕屍體，賺的薪水怎麼花。

「大學生會打架嗎？」她問。

「會打架，親愛的。」

「那您會罰他們跪嗎？」

「會。」

她笑起來，因為她覺得大學生打架和我罰他們跪很可笑。她是一個善良柔順而且好脾氣的孩子。我不止一次地看見她被別人搶走東西、看見她被冤枉受罰，或人家不肯滿足她的好奇心，這時，她臉上除了慣常的信任還會滲入憂傷——僅此而已。我無法為她說話，只是當我看到她的憂傷，我會產生一種願望，想把她叫到身邊，用老保母一樣疼愛的語氣說：

「我親愛的小孤兒！」

我還記得她喜歡穿漂亮衣服，喜歡灑香水。在這方面她很像我。我也喜歡漂亮的衣服和高級香水。

我很遺憾，當一種熱望在卡佳心裡產生和發展時，我無暇也沒想予以關注。後來，當卡佳長到十四、五歲，這種欲望把她完全控制住了。我說的是她對戲劇狂熱的愛。當學校放假，她回我們家住時，她總是對戲劇和演員津津樂道，比談什麼都投入。她沒完沒了地談論戲劇，大家都聽煩了。我的妻子和孩子都不想聽她說話，只有我沒有勇氣置之不理。當她想分享她的喜悅時，就會來書房找我，用求人的語氣說道：

「尼古拉．斯捷潘內奇[14]，讓我跟您說說戲劇吧！」

我指指錶說：

「給你半個小時。開始吧。」

後來她開始帶回她崇拜的男女演員的肖像，總共有幾十張；再後來幾次嘗試加入心愛的劇團；最後，從學校畢業後，她對我宣布說，她生來就是要當演員的。

我從來都不理解卡佳對戲劇的迷戀。在我看來，如果劇本好，那麼不用勞煩演員它就可以給人留下深刻的印象：只要讀劇本就夠了；如果劇本不好，那麼不管怎麼演也不能把它變好。

年輕時我經常去看戲，就是現在，我們家也會每年訂兩次包廂，拉上我去「散散心」。當然，這不足以讓我有權評判劇院，但我還是要說一說。據我看，現在的劇院並不比三四十年前的好。一如當年，無論在劇院的走廊還是休息室都找不到一杯清水；服務生依舊會因為幫忙存了皮大衣而敲我二十戈比，雖然冬天穿厚衣服是理所當然的。中場休息時他們仍然會演奏一些完全沒必要的音樂，給戲劇造成的印象再加上一些沒頭沒腦的新料。男人也仍然在中場休息時去販賣部喝酒精飲料。

14　內奇為諾維奇的非正式叫法，原文如此。

既然在小處看不到改進，就不用在大處找了。演員依然從頭到腳披掛著戲劇特有的傳統和偏見，不是平靜地念出那句本來就簡單平常的臺詞「生存，還是毀滅」，而是不知為何一定要盡力念得沙啞低沉、全身顫抖；他也依然不遺餘力地向我證明那個跟蠢人說了很多話又愛一個蠢女人的恰斯基[15]是個聰明人以及《聰明誤》不是一齣無聊的劇，於是我就覺得四十年前讓我感到無聊的陳腐套路從舞臺向我吹來——那時候我看的是充斥著咆哮和頓足捶胸的古典主義戲劇。每次我從劇院出來時都會比進去時更保守。

你可以讓多情而輕信的大眾相信，這樣的戲劇類似於學校。可是誰瞭解學校的真正含義，誰就不會上這個當。我不知道五十年或一百年後會怎麼樣，但以現在這種情況，戲劇只能是一種娛樂。可是對於持續消費這種娛樂的人來說，它又太貴了。它奪去了成千上萬年輕、健康和有才華的男女，他們如果不是獻身於戲劇，本可以成為好的醫生、麵包師、老師、軍官；它也奪去了公眾的夜晚時光——那本是最適合思考或和朋友聊天的時間。更不用說錢的花費，以及觀眾在舞臺上看到處理不當的凶殺、偷情或誹謗而蒙受的道德損失。

卡佳的看法卻截然不同。她想讓我相信戲劇，哪怕是現在這種狀態的戲劇，總是比講課、書籍和世界上的一切都高明。戲劇可以聯合起一切藝術，而演員是傳教士。沒有一種單獨的藝術和科學可以像戲劇這樣強烈而確切地影響人的心靈，難怪一個中等的演員比最好的科學家或藝術家還受歡迎。任何一種公共活動都不能帶來舞臺戲劇那樣的享受和滿足感。

終於有一天，卡佳參加了一個劇團，走了，好像去了烏法，帶著很多錢、一大堆五彩繽紛的希望和對事業的崇高信念。

她最初在路上寫來的那些信令人驚奇。我讀信時簡直難以置信，這幾張小紙片竟能承載那麼多青春的氣息、心靈的純潔、聖潔的天真，同時還有敏銳中肯的判斷力，就算這種判斷力出自一個優秀男人的頭腦也令人嘆服。她寫到伏爾加河、大自然、所到的城市、她的夥伴、她的成功和挫折。對這一切她不是描寫，而是讚歎，每一行都流露出我在她臉上見慣了的那種信任，同時信裡有一大堆語法錯誤，而且幾乎不用標點符號。

過了不到半年，我收到一封詩情洋溢、情緒激昂的信，一開始就說：「我愛上了一個人。」隨信寄來了一張照片，照片上是一個沒留鬍鬚的年輕人，戴著一頂寬簷帽，一條圍巾從肩膀搭過去。此後的信仍然很好，但裡面已經出現了標點符號，語法錯誤也不見了，有股濃重的男人味。卡佳開始跟我談論，要是在伏爾加河沿岸的某個地方建一個大劇院該多麼好，合股經營，把富有的商人和船東吸引到這個事業中，那樣一定會有很多錢，會有巨額的票房，演員將在演員協會的機制下演出……這一切也許真的很好，可是我覺得，這些花樣一定出於一個男人的頭腦。

15 俄國劇作家格利鮑耶陀夫的劇作《聰明誤》的主角。

不管怎樣，在一年半到兩年裡，一切看起來都很順利：卡佳在戀愛，相信自己的事業，很幸福。可是隨後我在她的信裡發現了明顯低落的信號。起初是卡佳向我抱怨她的同事——這是最初也是最壞的兆頭。如果一個年輕的科學家或文學家在自己職業生涯剛起步時就痛切地抱怨其他的科學家或文學家，就意味著他厭倦了、他不適合這個行業。卡佳在信中說，她的夥伴不參加排演，總是不理解角色，從他們總是演些荒唐的戲，以及從每個人的舞臺表現，都可以看出他們完全不尊重觀眾。他們整天只談票房。為了票房，正劇中的女演員可以降低身分唱小曲，悲劇演員可以唱嘲笑戴綠帽的丈夫和出軌懷孕的妻子的小調，不一而足。總之，外省的劇團竟然到現在還沒垮臺，竟然可以靠著這麼細而腐朽的脈管支撐至今，實在令人驚訝。

我給卡佳寫了一封長長的回信，我承認，信寫得很沉悶。反正，我是這麼寫的：「我跟不少老演員聊過天，他們都非常正直，願意跟我開誠布公地說心裡話。藉由跟他們交談，我瞭解到，決定他們行為的並非他們自己的理性和自由意志，多半是時尚和公眾的情緒。他們當中最優秀的那些人一輩子演過悲劇，也演過音樂劇，演過巴黎的鬧劇，也演過神話劇，但他們始終覺得，他們是以正當方式賺錢的。所以，你看，惡俗的根源不應該在演員身上找，而應該更深入些，在文化本身和整個社會對文化的態度中找。」

我這封信只是惹惱了卡佳。她回信說：「我跟您說的是兩回事。我說的不是那些跟您推心置腹的正直人士，而是一群一點都不正直的壞蛋。這是一群野蠻人，他們落到舞臺上只是因為別的地方不會容納他們，他們稱自己為演員只是因為他們臉皮厚。天才一個都沒有，庸才、酒鬼、陰謀家、造謠家卻很多。我說不出有多痛苦，因為我所摯愛的藝術落到了我痛恨的人手中。令人痛心的是，優秀之輩對惡只是遠遠地觀望，他們不想走近些，他們不行動，而是用古板的語體寫些大而無當、於事無補的說教……」云云，都是這樣的語氣。

又過了一段時間，我收到這樣一封信：

我遭到了毫無人性的欺騙。我活不下去了。請按照您認為適當的方式處置我的錢。我像愛父親那樣愛您，您是我唯一的朋友。別了。

原來，她的那個「他」也屬於「一群野蠻人」。後來，根據一些跡象我推測她曾打算自殺。卡佳好像服過毒。此後她大概大病了一場，因為我收到的下一封信已經是從雅爾達發出的了，很可能是醫生讓她去那裡療養的。她在最後一封信中請我幫她往雅爾達匯一千盧布，信的結尾寫道：「對不起，這封信語氣淒慘。昨天我埋葬了我的孩子。」她又在克里米亞住了將近一年，之後回到家裡。

她漂泊了近四年。應當承認，在這四年中，我在她的生活裡扮演了一個不值得羨慕的奇怪角色。當她起初向我宣布要當演員，後來又告訴我她的愛情；當她不時忍不住大把花錢，而我按她的要求匯錢，或是一千，或是兩千盧布；當她寫信告訴我想去死，後來又告訴我孩子的死訊，每次我都不知所措，我對她命運的關心僅僅表現在思前想後寫出一封封冗長乏味但是完全可以不寫的信。可是，我卻是代替她父親的人，而且像愛女兒那樣愛她！

現在卡佳住在離我半里的地方。她租了一間有五個房間的房子，布置得相當舒適，有她獨特的品味。要是有誰把她住處的裝潢畫下來，那麼畫的主調應該是慵懶。為慵懶的身體準備了軟躺椅和軟凳，為慵懶的雙腳準備了地毯，為慵懶的目光安排了低飽和度的、暗淡或朦朧的顏色，為慵懶的靈魂在牆上掛上了過多廉價的扇子和筆法新巧但不注重內容的小畫，放置了過多的小桌和架子，上面擺著些完全不必要也沒有價值的東西，還有代替窗簾的奇形怪狀的布片……所有這一切，加上害怕鮮豔的色彩和害怕對稱開闊的空間，都證明了她內心的慵懶，也表現出對自然的偏離。卡佳整天躺在躺椅上看書，主要是看長篇小說和中篇小說。她每天只出門一次——午後來見我。

我工作，而卡佳坐在離我不遠的沙發上，默不作聲。她裹著披巾，好像覺得冷似的。不知是因為我喜歡她，還是因為從她還是小女孩時我就習慣了她頻繁造訪，她在場不會讓我分神。我偶爾隨便問她一個問題，她很簡短地回答一聲，或是我想稍微休息一會兒，就轉向她，看她沉思地翻閱醫學期刊或報紙。此時我會發現，她的臉上已經沒有過去那種信任的表情了。現在她的表情冷淡、漠然、心不在焉，就像不得不長時間等待火車的乘客臉上的表情。她依舊穿得漂亮又簡單，顯得很漫不經心。她整天躺在躺椅或搖椅上，她的服裝和髮型都因此留下了不少印記。她也不像過去那麼好奇了。她不再對我提問題，好像一切都親身經歷過，不再期待聽到什麼新鮮話。

將近四點時，前廳和客廳有了動靜，這是麗莎帶著幾個女性朋友從音樂學院回家了。可以聽到她們彈鋼琴，試嗓音，大笑。葉果爾在餐廳擺桌子，餐具叮叮噹噹地碰撞。

「我走了，」卡佳說，「今天我不去見您的家人了。請她們原諒。沒時間了。請你們去我家做客吧。」

我把她送到前廳，她從頭到腳把我狠狠打量一番，懊惱地說道：

「您越來越瘦了！您為什麼不看病？我去請謝爾蓋・費奧多羅維奇，讓他給您看看。」

「不必了，卡佳。」

「我不明白您的家人怎麼看不見！他們真夠可以的，沒話講。」

她急速地穿上皮大衣，此時，她挽的漫不經心的頭髮上會有兩三個髮夾掉到地上。她懶得整理頭髮，也沒時間，就把散落的髮捲隨手藏在帽子下面，走了。

當我來到餐廳，妻子問我：

「剛才卡佳在你那裡？她怎麼不見我們？這可真怪……」

「媽媽！」麗莎責怪她，「她不想見我們就隨她的便吧。我們不用跪下求她。」

「不管怎麼說都很失禮。在書房待了三個小時都沒想起我們。算了，隨她去吧。」

瓦莉亞和麗莎兩個人都恨卡佳。我不理解這種恨意，可能只有女人才能理解吧。我敢拿腦袋打賭，無論是幾乎每天在我的課堂上見到的那一百五十個年輕男子，還是我每週碰面的百十個年長男人，很難找出哪一個人可以理解這種感覺——因為卡佳未婚懷孕生下私生子的往事而討厭她，甚至恨她。與此同時，我想不起在我認識的女人或少女中有誰不是自覺或本能地懷有這樣的惡意。這不是因為女人比男人更高尚更純潔，要知道如果高尚和純潔不能摒除怨恨，那就跟惡相去不遠。我直接用女人的落後解釋這種現象。在我看來，當看到不幸時，一個現代男人產生的是憂傷的同情和良心的不安，這種感情所體現的文化和道德水準要遠遠高於仇恨和厭惡。而現代女性仍然像中世紀一樣濫情又粗魯。有鑑於此，我認為要女人接受和男人一樣教育的主張是完全合理的。

我妻子不喜歡卡佳的理由還有：她當過演員，她不懂感恩，她驕傲，她怪僻，她有一個女人可以在另一個女人身上找出的種種毛病。

除了我的家人，一起吃飯的還有兩三個我女兒的女性朋友以及亞歷山大·阿多利佛維奇·格涅科爾，他是麗莎的追求者、潛在的求婚者。這是個金髮的年輕人，不到三十歲，中等個子，胖胖的，寬肩膀，耳邊留著金紅色的絡腮鬍，嘴唇上的小鬍子是染過色的，這樣一來，他那張光滑的胖臉就現出一種洋娃娃般的神情。他穿著一件很短的西裝，一件花色背心，一條上面很寬下面很瘦的大方格褲子，一雙平底的黃色皮鞋。他眼睛突出，像蝦一樣，領帶就像蝦尾，我甚至覺得這個年輕人全身散發著蝦湯的味道。他每天都來我們家，可是家裡誰都不知道他的家世背景，他上過什麼學，靠什麼生活。他不彈琴、不唱歌，可是跟音樂和歌唱有某種關係，在某個地方替什麼人賣鋼琴，經常去音樂學院，認識所有的名人，籌辦音樂會，他很有權威地對音樂發表評說，我發現大家都樂於對他的意見表示贊同。

富人身邊總是有一些門客，科學和藝術也如是。世界上大概沒有哪門科學和藝術可以擺脫像格涅科爾先生這樣的「外人」。我不是音樂家，也許我對格涅科爾的判斷有誤，再說我也不怎麼瞭解他。可是他倚著鋼琴聽某人彈琴或唱歌時，那份權威的派頭讓我覺得頗為可疑。

就算您再有教養，是個三品文官，如果您有個女兒，也免不了有追求、求婚、結婚這樣的俗事找上門來，免不了要為此分神。比方說，每當格涅科爾來做客，我妻子總是眉飛色舞，對此我無論如何都受不了。還有，那些拉斐特酒、波爾圖酒和赫雷斯酒只為了他才拿出來，為的是讓他親眼看見並相信我們的生活是多麼闊綽、多麼奢侈，對此我也無論如何都不能接受。麗莎在音樂學院學來的那種斷斷續續的大笑，有男客時那種瞇眼的方式，我都不能充耳不聞、視而不見。最主要的是，我怎麼也不能理解，這個跟我的習慣、我的學術、我的生活方式一點都不相干的人，這個跟我喜歡的人毫不相像的人為何每天來我家，還跟我們吃飯。我妻子和女傭神祕地竊竊私語，說「這位是求婚者」，但我對他的舉動還是不理解，我十分困惑，就好像他們讓我和一個祖魯人[16]共進晚餐似的。而一向被我看作小孩子的女兒竟然喜歡這條領帶、這雙眼睛、這副軟趴趴的面頰，這也讓我奇怪……

過去我或是喜歡吃飯，或是沒有感覺，而現在，我對吃飯這件事的感受只有無聊和惱火。從我成為傑出科學家並擔任系主任開始，不知為何我的家人認定我們需要徹底改變家裡的食譜和進餐禮儀。那些我在當學生和助教時習慣的家常菜不見了，現在他們給我吃的是什麼法國肉湯，上面漂著些白色冰碴一樣的東西，還有用馬德拉葡萄酒烹製的牛腰。三品文官的官銜和名氣永遠剝奪了我的菜湯、好吃的派、塞蘋果的鵝和鯿魚粥。三品文官也使我失去了女傭人愛葛莎，她是一個愛說愛笑的老太太。代替她給我們上菜的是遲鈍而傲慢的小個子葉果爾，他的右手總是戴著一隻白手套。

等待上菜的時間很短，卻顯得無比漫長，因為無事可做。過去我們會在這個時候無拘無束地開心聊天、開玩笑、大笑，現在這些都不會有了。過去，當全家聚在餐廳時，我們互相之間很親熱，那種快樂的氣氛讓孩子、我妻子和我都很幸福，那時候吃飯對我來說是休息和團聚的時刻，而對妻子和孩子則像過節。雖然這段時間很短，卻很明朗、很快樂，因為他們知道，在這半個小時裡我不屬於科學和學生，而只屬於他們，除了他們再也沒有別人。現在這樣的情形已不復存在。再也不會只喝一杯酒就陶然欲醉，再也沒有愛葛莎和鯿魚粥，也不會像當年那樣因為吃飯時的一些小插曲，比如貓和狗在桌子下打架或卡佳臉頰上綁的繃帶掉到了湯盤裡，而引起一陣喧鬧。

現在描寫我們的進餐就像它本身一樣乏味。妻子的臉上帶著莊重的表情，裝模做樣，最常見的表情是憂心忡忡。她擔心地看著我們的盤子，說道：「我看出來了，你們不喜歡烤肉……你們說，是不是不喜歡？」我應該回答：「你不用擔心，親愛的，烤肉很好吃。」她會說：「你總是護著我，尼古拉．斯捷潘內奇，但你總是不說實話。亞歷山大．阿多利佛維奇為什麼吃得那麼少？」整個進餐過程中都是這一套。麗莎時而發出斷斷續續的大笑，並把眼睛瞇起來。我看著這母女倆，只有在此刻、吃飯的時候，我才清楚地意識到，我早已不關心她倆的內心世界了。我有種感覺，好像我曾經跟真正的家人生活在一起，而現在是在假妻子家做客，看到一個假麗莎。她們兩個都發生了劇烈的變化，我沒看到這個變化的過程，當然什麼都不明白。

為什麼會發生這個變化？我不知道，也許全部的不幸在於上帝沒有給我的妻子和女兒像我一樣的力量。我從小就習慣於抵抗外界的影響，鍛鍊自己的品性，諸如名氣、官職、

16　南非的一個黑人民族。

從生活殷實變為入不敷出、跟名人交遊等等這些變故並不能奈何我，我能依然完好無損，可是對於脆弱的、沒有受過錘鍊的妻子和麗莎來說，這一切就像雪崩一樣砸下來，把她們壓垮了。幾位女士跟格涅科爾談賦格曲、對位法，談歌唱演員和鋼琴演奏者，談巴哈和布拉姆斯，而我妻子唯恐別人以為她對音樂無知，就以微笑表示贊同，絮絮叨叨地說：「太了不起了……真的嗎？您說說看……」格涅科爾大模大樣地吃東西，大模大樣地譏誚，遷就地聽女士的意見。他偶爾想說一段蹩腳的法語，這時候，不知為何，他認為需要給我以 votre excellence[17] 的尊稱。

可是我沉著臉。看來我讓他們大家不自在，他們也讓我不自在。我對階級抗爭從無太多感覺，可是現在困擾我的正是這一類情況。我一心只看到格涅科爾的缺點，很快就找到了，並據此斷定這個求婚者跟我不在同一圈子，且為此感到惱火。他在場對我還有另一方面的壞影響。獨處或跟喜歡的人相處時，我通常都不會想到我的功名，就算想起來了，也覺得微不足道，好像我昨天才剛剛成為一名學者似的。可是跟格涅科爾這樣的人在一起時，我的功名就像一座高聳入雲的大山，在山腳下蠅營狗苟的格涅科爾渺小得幾乎看不見。

飯後我回書房抽菸斗，這是一天中唯一的一次，過去我有從早到晚不停抽菸的壞習慣，現在僅限於每天抽一斗了。抽菸時妻子進來和我說話，就像早晨一樣，我預先就知道要談什麼。

「我得跟你好好談談，尼古拉．斯捷潘內奇。」她這樣開始，「我是說麗莎……你怎麼沒注意？」

「什麼？」

「你假裝什麼都看不出來，但這可不好。不能不聞不問……格涅科爾對麗莎有意思……你怎麼看？」

「我不能說他是壞人，因為我不瞭解他。可是要說我不喜歡他，這我已經告訴你一千遍了。」

「可是不能這樣……不能……」

她站起來，情緒激動地走來走去。

「這是重大的一步，不能這樣對待……」她說道，「這關係到女兒的幸福，應該拋開所有個人成見。我知道你不喜歡他。好吧……要是現在拒絕他，我們可以這麼做，那麼你怎麼能保證麗莎不會怨我們一輩子？現在來求婚的沒有多少，說不定以後再沒機會了……他很喜歡麗莎，看起來她也喜歡他……當然，他沒有穩定的工作，可是有什麼辦法呢？上帝保佑，慢慢能找到個工作。他出身好家庭，有錢。」

---

17 法語，大人。

「你怎麼知道的？」

「他說的。他父親在哈爾科夫有一幢大房子，在哈爾科夫郊外有莊園。總之，尼古拉·斯捷潘內奇，你得去一趟哈爾科夫。」

「幹嘛？」

「去弄清楚……你在那裡有認識的教授，他們會幫你的。我想自己去，但我是女人。我去不了……」

「我不去哈爾科夫。」我沉著臉回答。

我妻子被嚇到了，臉上現出極難受的表情。

「看在上帝的分上，尼古拉·斯捷潘內奇！」她哭哭啼啼地求我，「看在上帝的分上，幫我卸下這樁心事吧！我在受罪！」

我只能痛苦地看著她。

「好吧，瓦莉亞，」我和緩地說，「要是你想叫我去，好吧，我就去一趟哈爾科夫，你要我做什麼我就做什麼。」

她用手帕擦著眼睛，回房間哭去了，剩下我一個人待著。

不久傭人把燈送過來。軟椅和燈罩的影子投在牆上和地上，這些熟悉的影子早讓我厭煩了，我看到這些影子就覺得已經入夜，我那該死的失眠又來了。我上床躺下，而後又站起來在房間裡走來走去，然後再躺下……通常在飯後，夜晚到來之前，我精神的亢奮會達到最高峰。我開始無緣無故地哭泣，把頭埋在枕頭裡。這時我怕會有人進來，怕我突然死了，還為自己的眼淚感到羞恥，總之，心裡難受至極。我覺得我再也見不得這些燈、這些書，和這地上的影子，聽不得客廳裡人家說話的聲音。有種不可理解的無形力量粗魯地將我推出我的家。我跳起來，急忙穿上衣服，小心翼翼，瞞著家人來到外面。去哪裡呢？

我腦子裡早就有這個問題的答案：去卡佳那裡。

三

她照例躺在土耳其式沙發或躺椅上讀什麼東西。看到我，她懶洋洋地抬起頭，坐起來，向我伸出手。

「你總是躺著，」我沉默片刻，歇口氣，說道，「這不健康。你該做點什麼。」

「嗯？」

「我說，你應該做點什麼。」

「做什麼呢？女人只能做普通的女工或演員。」

「那又怎麼樣？要是你不能做女工，就去當演員吧。」

她不做聲。

「嫁人好了。」我半開玩笑地說。

「沒人可嫁，也沒必要嫁。」

「你不能這樣生活。」

「沒有丈夫嗎？有什麼大不了的！我要是想要，男人有的是。」

「卡佳，這不體面。」

「什麼不體面？」

「就是你剛才說的話。」

卡佳看到我心裡不舒服，想沖淡不好的印象，就說：

「我們走。您過來，來吧。」

她把我領進一個非常舒服的小房間，指著寫字臺說：

「喏……我幫您準備的。您可以在這裡工作。您可以每天來，把工作帶來。在家裡他們只會干擾您。您要在這裡工作嗎？願意嗎？」

為了不讓她失望，我就回答說會在這裡工作，我很喜歡這個房間。而後我們倆坐在這個舒適的小房間裡聊了起來。

在這暖和而舒適的環境中，對著一個喜歡的人，我卻不像過去一樣感到心滿意足，而是非常想抱怨和發牢騷，不知為何，我覺得要是抱怨抱怨，發發牢騷，心裡就會輕鬆些。

「我的處境很糟啊，我親愛的！」我歎了一口氣，說道，「糟得很……」

「怎麼了？」

「你看，是這樣的，我的朋友。國王最好、最神聖的權力是寬恕的權力。我一直覺得自己是個王者，因為我擁有這種不受限制的權力。我從不指責人，很寬容，樂於原諒周遭的所有人。別人遇到一些事會抗議或憤怒，我卻只是建議和說服。我一輩子都盡量友善待人，只為我的家人、學生、同事、傭人不要覺得我難以相處。我知道，我的這種態度在塑造跟我有關係的所有人。可是現在我已經不是王者了。我心裡產生了某種只適合奴隸的東西：腦子裡一天到晚轉著些惡念，心裡積著一大堆過去從沒有過的感情：憤恨、輕蔑、惱怒、害怕。我變得過分嚴厲、苛求、暴躁、冷漠、懷疑。那些之前譏誚或嘲笑兩句就過去的事，現在也會讓我心情惡劣。我內心的邏輯也變了：過去我只是蔑視金錢，現在我卻不是對金錢，而是對有錢人心懷恨意，好像他們是有罪的。過去我恨暴力和專制，現在我恨用暴力手段的人，好像這只是他們的錯，而不是我們大家的錯——因為人是彼此塑造的。這是怎麼回事？如果說新的想法和情緒來自信念的改變，那麼這個改變又是因為什麼呢？莫非世界變壞了，而我變好了？或者我過去是盲目和麻木的？如果這種改變來自體力和智力的整體衰弱——因為我有病，一天比一天瘦——那麼我的狀況就很可憐了：這說明我的新想法是不正常、不健康的，我應該為之感到慚愧，應該認為這些想法毫無價值……」

「跟病沒關係，」卡佳打斷了我，「您不過是睜開眼睛了。您看到了您過去因為某種原因不願意看到的東西。我看，您首先應該跟家庭徹底決裂，離家出走。」

「別亂說。」

「您已經不愛他們了，為什麼要勉強自己呢？難道這還算個家嗎？一文不值！要是他們今天死了，明天就不會有人想起他們了。」

卡佳對我妻子和女兒的蔑視程度就像她們對她的仇視一樣強烈。在我們這個時代大概不能討論大家彼此蔑視的權利。但如果站在卡佳的立場上，承認這種權利的存在，那麼你還是會看到，她有權利蔑視我的妻子和女兒，就像她們有權利恨她。

「一文不值！」她又說了一遍，「今天您吃飯了嗎？她們怎麼沒忘記叫您去餐廳吃飯？她們怎麼到現在還記得您的存在？」

「卡佳，」我正色說，「請你別說了。」

「您以為我喜歡說她們嗎？我倒情願根本不認識她們。聽我的，我親愛的：扔下一切，走吧，出國去。越快越好。」

「真是亂說！大學怎麼辦？」

「把大學也扔掉。它對您有什麼好處？反正一點好處都沒有。您已經教了三十年書了。

您的學生在哪裡呢？您教出了幾個有名的科學家？數數看！要是只為培植一些壓榨愚民、大把搶錢的醫生，那不需要有才華的好人。您是多餘的人。」

「我的天哪，你真刻薄！」我被她嚇到了，「你太刻薄了！別說了，不然我要走了！你這麼刻薄，我應付不來。」

女傭人走進來請我們去喝茶。謝天謝地，喝茶時話題改變了。發完牢騷之後，我想放縱一下我的另一個老年人的弱點——回憶。我跟卡佳講我的過去，而且，非常意外地，跟她講了很多細節，我根本沒想到還能清清楚楚地記得這些細節。她屏息聽著，帶著親切和驕傲的神情。我特別喜歡跟她講我在教會中學上學的事，講我那時候多麼想上大學。

「有時候我在學校的花園裡散步……」我說，「風把遠處某個酒館裡的手風琴聲和歌聲傳送過來，或是一駕三套馬車伴隨著鈴聲從學校的籬笆旁馳過，這就足以讓我忽然由衷地感到幸福，那種感覺不僅充滿胸膛，甚至充盈著腹部、四肢……我聽著手風琴的聲音或漸行漸遠的鈴鐺聲，想像自己成了醫生，描繪出一幅比一幅更美好的畫面。現在，你看，我的夢想實現了。我得到了我想都不敢想的東西。三十年來，我當上了受人愛戴的教授，有傑出的同事，功成名就。我戀愛，跟熱戀的戀人結婚生子。總而言之，回首往事，我的一生很完美，就像天才所作的交響曲。現在我只要別把結局毀掉就好。只要壽終正寢，就算完美收場。如果死亡真是危險的，那麼應該像一個老師、學者和基督教國家的公民那樣迎接它：精神飽滿，鎮定自若。可是我卻正在毀掉結局。我在沉淪，跑到你這裡來求助，而你卻對我說什麼：沉淪吧，就應該如此。」

但這時前廳響起了鈴聲。我和卡佳都聽出來了，說：

「這一定是米哈伊爾．費奧多羅維奇。」

沒錯，不一會兒我的同事、語文學家米哈伊爾．費奧多羅維奇就走了進來。他是個高個子，身材勻稱，年紀五十歲上下，長著濃密的灰白色頭髮和黑色的眉毛，沒留鬍鬚。他是一個善良的人，是很好的同事。他出身古老的貴族家族，這個家族相當幸運，人才輩出，對我們的文學和文明的歷史有顯著的影響。他本人聰明、有才，很有教養，但脾氣有點怪。我們大家都有某種程度的怪脾氣，我們都是怪人，但他的怪脾氣卻顯得特殊，對他的熟人不無危險。我知道他的很多熟人只看到古怪，完全忽視了他眾多的優點。

他進來後慢慢地摘下手套，用渾厚的男低音說道：

「你們好。在喝茶嗎？正好，外頭冷得很。」

然後他坐在桌邊，自己拿了一杯茶，馬上就聊了起來——他總是用玩笑的口氣說一些半哲理半逗樂的話，就像莎士比亞劇中的掘墓人一樣。他所說的總是嚴肅的話題，但語氣從來都不嚴肅。他對一切加以尖銳的品評或是痛罵，可是因為他語氣柔和平緩，帶著玩笑，所以他雖然罵得尖刻，卻不刺耳，人家會立刻習慣他這種說話方式。他每晚都會帶來五、六個學校的笑話，落座後就這麼講起來。

「哎呀，上帝呀，」他歎了口氣，譏誚地聳聳那對黑眉毛，說，「世界上竟有這樣的小丑！」

「怎麼了？」卡佳問道。

「今天下課後，我在樓梯上遇到了這個老白癡，我們那位NN……他照例走路時高抬著他那馬一樣的下巴，找人抱怨他的偏頭痛、他的妻子和不想上他課的學生。我想，這下可好了，他看見我了，我死定了，完蛋了……」

諸如此類。或者他這樣開腔：

「昨天我去聽我們ZZ的講座了。我真驚訝，我們的 **alma mater**[18]，別提了，怎麼會派ZZ這樣的笨蛋，一個實實在在的蠢材做公開演講。他是歐洲最大的傻瓜。行行好，整個歐洲打著燈籠都找不到更大的傻瓜了！你們想想看，他講課就像吸吮棒棒糖：吸溜——吸溜……慌慌張張，講稿也弄亂了，思考推進得也很慢，那速度就像修士大祭司騎自行車。最主要的是，您怎麼也搞不懂他到底想說什麼。沉悶極了，連蒼蠅都會憋死。那股沉悶只有學校在大禮堂的年會上念的老生常談的年度報告才能媲美，見他的鬼。」

18 拉丁語，此處指母校。

他忽然話鋒一轉：

「三年前，尼古拉．斯捷潘內奇您記得吧，我做過這種講座。當時天又熱又悶，制服綁在身上——難過得要命！我講了半個小時，一個小時，一個半小時，兩個小時……我想：『謝天謝地，只剩下十頁了。』最後四頁完全可以不用念，我打算刪去。我想著，那麼只剩下六頁了。可是，您猜怎麼了，我目光往前一掃，看到第一排並列坐著一位戴著綬帶的將軍和一位主教。這兩個倒楣鬼煩悶得全身僵硬，睜大眼睛硬撐著以免打瞌睡，儘管如此，臉上還是竭力做出認真聽講的樣子，假裝聽得懂並且喜歡我講的內容。我想，好吧，既然你們愛聽，那就請吧！我故意把那四頁也念了！」

他說話的時候只有眼睛和眉毛在笑，喜歡嘲笑人的人往往是這樣的。這時他的目光中沒有恨，也不凶，但是充滿了嘲弄和狐狸特有的狡猾，只有非常善於觀察的人才有這樣的目光。如果繼續談他的目光，我還發現了另一個特點。當他從卡佳的手中接過一杯茶，或是聽她的評論，或是當卡佳有事要出去一下下，而他目送她時，我在他的目光中看到了某種柔順、懇求、純潔的東西。……

傭人把茶炊收走，又在桌上擺了一大塊起司、一些水果和一瓶克里米亞香檳，這是一種很不怎麼樣的酒，卡佳住在克里米亞時愛上了這種酒。米哈伊爾．費奧多羅維奇從書架上取了兩副牌，開始占卜。他相信有幾種牌陣需要全神貫注，但儘管如此，他還是一邊擺一邊說話，分散著自己的注意力。卡佳認真地看著他的牌，主要用暗示而不是言語來幫他。整個晚上她喝酒不會超過兩小杯，我則喝四中杯，剩下的就歸米哈伊爾．費奧多羅維奇，他可以喝很多而不醉。

我們一邊占卜一邊討論，主要是些高層次的問題，談來談去，最後多半會說到我們最喜歡的東西，也就是科學上來。

「謝天謝地，科學要壽終正寢了。」米哈伊爾．費奧多羅維奇有板有眼地說，「它好景不長了。就是這樣。人類開始感覺到需要用別的什麼東西來代替它。它植根於迷信，以迷信滋養，如今仍然是迷信的精髓，就像它那壽終正寢的老祖母——煉金術、形而上學、哲學一樣。說實在的，它給世人帶來了什麼？要知道歐洲的科學家跟沒有任何科學的中國人之間的區別是微不足道、純屬表面的。中國人不知道科學，但他們因此受什麼損失了？」[19]

「蒼蠅也不知道科學，」我說，「可是這能說明什麼呢？」

「您不用生氣，尼古拉．斯捷潘內奇。我這是私下說說……我比您以為的要謹慎，不會公開講這種話的，上帝保佑！大眾心目中有種迷信，以為科學和藝術高於務農、經商，高於手工作坊。我們這個階層就靠這種迷信供養，你我不必揭穿它。上帝保佑！」

19 原文如此。

擺牌陣時年輕人也會遭到攻擊。

「如今聽課的人也在退步，」米哈伊爾．費奧多羅維奇歎息道，「不要說理想之類的，就連像樣地工作和思考都不會！正應了那句話：『看著我們這一代，我感到悲哀。』[20]」

「是啊，大大退步了，」卡佳表示同意，「請問，最近五到十年，你們的學生裡出現過哪怕一個傑出的人才嗎？」

「我不知道別的教授怎麼樣，反正我不記得我有過這樣的學生。」

「我這輩子認識很多大學生和年輕科學家、很多演員……結果怎麼樣？我不光沒遇見過一個英雄或天才，甚至沒遇到過一個有意思的人。全都那麼灰不溜秋、平平庸庸的，志大才疏……」

每次聽到這些關於退步的言論，我總覺得不舒服，好像無意中偷聽到別人講我女兒的壞話一樣。讓我感到不快的是，這些責備很籠統，建立在一些早就過時的陳腔濫調和一些危言聳聽的話上，諸如退步、沒有理想、今不如昔之類。所有的指責，哪怕是女人之間的指責，應當帶有某種明確性，否則它就不是指責，而是空洞的攻訐，正直的人不應該說這樣的話。

我是老人，已經工作三十年了，可是我既沒看到什麼退步，也沒看到缺乏理想，我不認為今不如昔。我的同事尼古拉（他的經驗在這方面可以派上用場）說，現在的學生不比過去的學生好，也不比他們差。

如果問我，現在的學生什麼地方讓我不喜歡，我可能一下子答不出來，也不會說出很多，可是我會說得很明確。我瞭解他們的缺點，所以不需要泛泛而談、雲山霧罩。我不喜歡他們抽菸斗，喝酒精飲料，晚婚；我不喜歡他們神經大條，常常麻木到看到有人挨餓而不動惻隱之心，不向學生兄弟會捐錢。他們不懂新的語言，俄語的表達也不準確。就在昨天，我的一個講衛生學的同事還在抱怨，現在他講的課要比以前多一倍，因為學生的物理不好，完全不懂氣象學。他們願意受最新出現的作家影響，哪怕是不那麼好的作家，可是對古典作家，比如莎士比亞、馬可斯．奧理略[21]、愛比克泰德[22]或帕斯卡[23]卻無動於衷，這說明他們分不清什麼是偉大的、什麼是渺小的，這也表現出他們缺乏現實生活的能力。只要是多少帶有社會性質的難題（比方說移民問題），他們都靠引述別人的論斷來回答，而不是透過科學觀察和實驗，儘管實驗他們完全有能力做，也最符合他們的責任。他們樂於成為住院醫師、助理醫師、實驗員，打算在這些職位上做到四十歲，其實相比於，比如說，玩藝術或經

20 出自萊蒙托夫的詩〈沉思〉。
21 羅馬皇帝、哲學家，著有《沉思錄》。
22 希臘哲學家。
23 法國數學家和哲學家。

商，從事科學工作所需要的獨立性和自由精神一點都不少。我有學生和聽眾，卻沒有助手和接班人，所以儘管我愛他們，對他們有感情，卻不能為他們感到驕傲。等等……

類似的缺點林林總總，但只有意志薄弱和怯懦的人才會因此產生悲觀或暴戾的情緒。這些缺點都是偶然而臨時的，完全取決於生活條件：只要過個十來年，這些缺點就會消失或是讓位給其他新的、不可或缺的缺點，那些缺點同樣會讓怯懦的人害怕。學生的毛病經常讓我苦惱，可是當我跟學生談話，幫他們上課，觀察他們的互動關係，把他們和其他圈子的人相比較時，我總是感到快樂，這種快樂我已經享受了三十年，和它相比，苦惱就不足道了。

米哈伊爾．費奧多羅維奇挖苦，卡佳聽，他們倆都沒發覺，一種看似無害的娛樂——說人壞話——正漸漸地將他們拖入深淵。他們沒有發覺普通的談話漸漸變成了冷嘲熱諷，他們倆甚至開始使用中傷的手段。

「常常會遇到些可笑的角色，」米哈伊爾．費奧多羅維奇說，「昨天我去我們的葉果爾．彼得洛維奇家，在那裡遇見了這麼一位，好像是你們醫科三年級的。這位老先生……就像杜伯羅留波夫[24]似的，滿腦子深思的印記。我跟他聊開來了，說：『有這麼回事，年輕人。我看到一篇文章，說一個德國人——我忘了他姓什麼——從人的腦子中發現了一種新的生物鹼——癡呆素。』你們猜怎麼樣？他居然相信了，甚至露出肅然起敬的表情，那意思是：真了不起！還有，前幾天去劇院，坐在我前面一排的兩位，一個是『我們這種人』，看樣子是念法律的，另一個頭髮蓬亂，是個醫科學生。醫科學生喝醉了，醉得像個鞋匠一樣，他一點也不看戲，只顧打瞌睡，頭一點一點的。可是只要演員高聲念獨白或只是提高聲音，這位醫科學生就會為之一振，戳戳身邊的同伴，問：『他說什麼了？說得棒……不棒？』『棒。』『我們這種人』回答。『好！』醫科學生於是高聲叫好，『太棒了！好！』你們看，他喝得爛醉還來劇院，不是為了欣賞藝術，而是為了叫好。他需要的是叫好。」

卡佳邊聽邊笑。她大笑的方式有點奇怪：快速吸氣，與呼氣形成有節律的交替，好像在演奏手風琴，與此同時她的臉上只有鼻孔在笑。我則悶悶不樂，不知說什麼好。然後我忍不住發火了，從座位上猛地站起來，喊道：

「你們閉嘴吧！有完沒完！為什麼你們像兩個癩蛤蟆一樣往外放毒？夠了！」

我不等他們刻薄完，起身要回家。而且也該走了，已經十點多了。

「我再坐一下，」米哈伊爾．費奧多羅維奇說，「可以嗎，葉卡捷琳娜．弗拉基米洛夫娜[25]？」

---

24 俄國文藝批評家。

25 卡佳的本名。

「可以。」卡佳回答。

「Bene[26]。那麼您讓他們再送一瓶酒來。」

他們倆舉著蠟燭把我送到前廳，當我穿皮大衣時，米哈伊爾．費奧多羅維奇說：

「您最近瘦得厲害，老了很多。尼古拉．斯捷潘內奇，您怎麼了？病了？」

「是啊，是有點毛病。」

「還不肯看……」卡佳憂心忡忡地插了一句。

「為什麼不看？怎麼能這樣？天助自助者，親愛的。請向您的家人問好，跟他們道歉，我最近沒有去拜訪。出國之前我會去辭行，一定！我下週走。」

我從卡佳那裡出來，因為談到我的病而受到刺激，心裡恐慌，對自己不滿。問自己：是不是真的應該找個同事看看病？但我隨即就想像出這樣一幅情形：這位同事幫我聽診後，一言不發走到窗口，沉吟片刻，然後轉身走到我面前，盡量不讓我從他臉上看出真相，用無所謂的語氣說道：「目前我看不出什麼特別的，但是，同事，我還是建議您不要工作了……」這會奪去我最後的希望。

誰不需要保留一點希望呢？現在我自己給自己診斷、自己給自己治病，有時候我希望我的無知欺騙了我，我希望我錯了，在尿液中發現的蛋白和糖、心臟的異常，還有已經在早上出現過兩次的浮腫，我希望我對這些病徵的診斷都是錯的。我帶著妄想症患者的執著翻看內科教科書，每天換藥，覺得能找到什麼令人安心的東西。這一切都很沒意思。

回家的路上我望著天空，不管是烏雲密布還是星月燦爛，我都會想，不久死亡就要將我捕獲。這時，我的思想應該像天空一樣深沉、璀璨、不凡才對……但是不！我想的是我自己、妻子、麗莎、格涅科爾、學生，總之都是關於人間之事。我的想法不高尚，而是瑣細、自欺，此時我的世界觀可以用著名的阿拉克切耶夫[27]在一封私信中寫的那句話表示：「世界上一切好的東西都不可能不含有惡，惡的成分總比好的多。」就是說一切都令人厭惡，沒有值得活下去的理由，而我已經活過的那六十二年則毫無價值。我竭力控制這些想法，說服自己這是些一閃而過的念頭，不是根深柢固的東西，可是我又馬上想道：

「如果不是，那麼為何你每天晚上都忍不住去找那兩隻癩蛤蟆呢？」

於是我發誓再也不去卡佳那裡了，儘管我知道明天我還會去。

我在自家門口按鈴，而後上樓，這時我感到我已經沒有家，也不想回家。顯然，這些阿拉克切耶夫式的新想法並不是偶然，且一閃而過的，而是完全控制了我。我良心不安、沒精打采、全身發懶、舉步維艱，好像壓了千斤重擔，好不容易上了床，很快就睡著了。

---

26 拉丁語，好。

27 沙皇亞歷山大一世時代的權臣。

而後，長夜難眠……

四

夏天快到了，生活發生了改變。

一天早上麗莎來到我的辦公室，用玩笑的語氣說：

「我們走吧，您老人家。都準備好了。」

她把我老人家領到外面，讓我坐上一輛馬車，車載著我出發。我坐在車上，因為沒事可做，就從右向左讀那些招牌。「酒館」就讀成了「李特卡爾特」。這很適合當一個男爵的姓，李特卡爾特男爵。馬車在野外繼續往前走，經過一個墓地，它沒給我留下任何印象，雖然我很快就要躺在裡面了；然後馬車走過森林，而後又是曠野。沒什麼有趣的東西。這樣走了兩個小時，我老人家被送到一座別墅的底層，安置在一間貼著淺藍色壁紙的明亮小房間裡。

夜裡我照舊失眠，但是早上我已經不再醒著聽妻子說話了。我躺在床上，不是睡覺，而是感受睡意矇朧。我半睡半醒，知道自己沒有睡著，卻能做夢。中午時起床，照習慣坐在桌旁，但我不再工作，而是讀卡佳寄來的黃色封面的法國書作為消遣。當然了，讀俄國作家的作品才更愛國，不過，我承認，我並不怎麼喜歡俄國書。我覺得除了兩三個老作家之外，現在的文學全都不是文學，而是特殊的手工作坊。這些書只要人家的讚譽，就算不願意買它們也沒關係。哪怕最好的手工作品也稱不上傑作，沒辦法不加保留地讚美那些作品。最近十到十五年裡我讀到的那些文學新人也是如此：他們之中沒有一個是傑出的，對他們不能沒有保留意見。有的作品寫得聰明、高雅，可是沒有才氣；有的有才氣、高雅，可是不聰明；還有的有才氣、聰明，可是不高雅。

我並不是說法國書既有才氣，又聰明，又高雅。法國書也不能讓我滿意。可是法國書不像俄國作品那麼沉悶無趣，這些作品中經常會出現創作的主要因素——個人自由的感覺，而俄國作者的作品中卻沒有這種東西。我看到的新作無一不是從第一頁就竭力用各種偏見、用對良心做出的種種規範來自我束縛。一個害怕談裸體、一個用心理分析綁住自己的手腳，另一個需要「對人抱有溫暖的態度」，還有一個故意連篇累牘地描寫自然風景，以免被人懷疑有某種傾向性……有的務必要在作品中扮演小市民，有的則一定要充當貴族，等等。周到、縝密、機巧，可是如果寫作沒有自由和勇氣，那麼它無論如何都算不上創作。

這些都是所謂美文的特點。

至於俄國的嚴肅文章，比如社會學或藝術等等方面的文章，我不讀它們純粹是因為害怕。我童年和少年時期不知為何很怕看門人和劇院檢票員，現在依然如此，我還是怕他們。

據說只有不理解的東西才可怕。確實，很難理解看門人和檢票員為何那麼架勢十足、傲慢粗魯。讀嚴肅文章時，我感覺到的就是那種說不清的恐懼。那種不同尋常的傲慢，譏諷的權威語氣，對外國作者的虛偽態度，煞有介事、雲山霧罩的本領——這一切對我來說都不可理解，讓我感到可怕、不適應，都跟醫生和自然科學家寫文章時那種謙虛而彬彬有禮的語氣很不一樣。不光是文章，甚至讀俄國嚴肅人物翻譯和編纂的東西都讓我覺得壓抑。序言居高臨下的語氣，妨礙我集中注意力的過多的譯者注釋，慷慨的譯者撒滿全篇或全書的加括弧的問號和 sic[28]，這些都是對作者尊嚴和我作為讀者獨立性的冒犯。

有一次我受邀到地方法院做鑒定，在休息室，一個同是做鑒定人的同事讓我注意檢察官對被告粗魯的態度，而且被告中還有兩位文質彬彬的女人。當時我回答同事說，這種態度一點也不比那些嚴肅文章的作者對待彼此的態度粗魯。我覺得這麼說一點都不誇張。真的，那種態度相當粗魯，說起來就讓人感到心情沉重。他們彼此之間，或者他們對所評論的作家的態度要嘛過分客氣，乃至於不顧自尊，要嘛相反，毫無顧忌地鄙夷，遠勝於我在這個筆記和腦子裡對未來女婿格涅科爾的鄙夷。指責嚴肅文章的作者不負責任、動機不純，甚至犯了種種罪行成了這類文章中常見的點綴。而這些，用年輕的醫生喜歡在文章中使用的名詞來說，是 ultima ratio[29]！這樣的態度不可避免地會反映在年輕一點的作者的性格中，正因如此，當我看到最近十到十五年出現的高雅文學中，男主角總是喝很多酒，而女主角往往行為不檢點，就一點也不感到意外了。

我一邊讀法國書一邊不時朝敞開的窗外望去，我能看到花園木柵欄的尖頭，兩三棵細弱的樹，更遠處，在柵欄之外是道路、田野，而後是很寬的針葉林帶。我常常愉快地看著一個小男孩和一個小女孩。他們兩個都是小屁孩，穿得破破爛爛的，爬上柵欄，嘲笑我的禿頭。他們亮晶晶的目光好像在說：「看，禿頭！」他們差不多是僅有的不受我名氣和官銜影響的人。

現在不是每天都有人來。我只說說尼古拉和彼得．伊戈納傑耶維奇的造訪。尼古拉通常在節日時看我，說是有事，其實主要是為了跟我見面。他來時總是喝得醉醺醺的，以往冬天時他可從來不這樣。

「怎麼樣？」我迎到外屋，問道。

「大人！」他用一隻手捂著心口，用愛戴和歡喜的目光望著我，說道：「大人！讓上帝懲罰我吧！讓我就地遭雷劈吧！Gaudeamus igitur, juvenes[30]！」

---

28 拉丁語，原文如此。
29 拉丁語，最後的論據。
30 這是一首古老的大學生歌曲的開頭兩句，大意是：讓我們趁著年輕及時行樂。原文為拉丁文，尼古拉用俄語發音的模仿不準確，而且不完整。

他用力地吻我的肩膀、袖子和扣子。

「我們那邊都好吧?」我問他。

「大人!我對天發誓……」

他一直毫無必要地賭咒發誓,很快把我弄煩了,於是我打發他去廚房,吩咐給他開飯。彼得.伊戈納傑耶維奇也是假日才來我這裡,他是專程來看我,跟我談他的想法的。他通常坐在桌子旁,樣子樸素、乾淨、清醒,不敢蹺二郎腿或把手肘撐在桌子上。他說話的聲音不大,語氣平穩緩和,用詞考究地告訴我各種他從雜誌或小冊子上讀來的、在他看來很有趣和有料的新聞。

這些新聞都很像,可以歸結為這種路數:一個法國人提出了一個發現,另一個人——一個德國人——揭發了他,證明這個發現早在一八七〇年就已經由某個美國人提出了,而第三個人——也是德國人——比這兩個人都高明,向他們證明,他們兩個都出醜了,把顯微鏡下的氣泡看成黑色素了。就連要逗我笑時,彼得.伊戈納傑耶維奇也說得很詳盡甚至冗長,好像在做學位論文答辯,他會詳細列出引用的文獻來源,盡量不搞錯日期、刊物編號和人名,而且他不是簡單地只說貝蒂,而一定要說讓.雅克.貝蒂[31]。有時他留下來吃飯,吃飯時還是不停地講這種「引人入勝」的故事,讓在座的所有人都煩得很。如果格涅科爾和麗莎當著他的面談起賦格曲和對位法,談起布拉姆斯和巴哈,他就會謙虛地低下眼睛,非常局促，因為他覺得在我和他這樣嚴肅的人面前談這種無聊的東西，真是太荒謬了。

以我現在的心情，只要五分鐘就會對他厭煩透頂，就像我已經看見這個人和聽他說話很久很久了。我恨這個可憐的傢伙。他那小而平的聲音、他那文縐縐的遣詞用字讓我忍不住打哈欠，他的話讓我腦袋一片空白……他對我懷有最善意的感情，跟我說話只為讓我開心，而我對他的回報是死死地盯著他，好像想給他催眠一樣，心裡說：「走吧，走吧，走吧……」可是他卻不受我的意念支配，一直坐著，坐著，坐著……

他待在我那裡時，我怎麼也擺脫不了一個想法：「等我死了，他很可能會占據我的位子。」在想像裡，我那可憐的教室成了一條乾涸的河道，因此我對彼得．伊戈納傑耶維奇的態度很不好，我沉默不語，臉色陰沉，好像我有這種想法得怪他，而不是怪我自己似的。當他照例開始稱讚那些德國科學家，我沒有像往常一樣開善意的玩笑，而是氣呼呼地嘟囔了一句：

「您的那些德國人是驢子……」

這就好比已故的尼基塔．克雷洛夫[32]教授有一次跟彼羅戈夫在雷韋爾洗澡時嫌水冷而

31 當時一位著名的法國外科醫生。

32 莫斯科大學法學教授。

發脾氣時罵「這些德國混蛋！」。我對彼得．伊戈納傑耶維奇很壞，直到他走了，我透過窗戶看見他的灰帽子在柵欄外忽隱忽現時，才想喊住他，跟他說一句：「請原諒我，好人！」

現在的用餐比冬天時更無趣。那個格涅科爾（現在我恨他，蔑視他），還是幾乎每天都在我家吃飯。過去我默默地忍受他的存在，現在則對他冷嘲熱諷，讓妻子和麗莎臉紅。我管不住自己的無名火，不知為何經常說些蠢話。有一次就是這樣，我輕蔑地看著格涅科爾良久，無緣無故地念了這麼兩句：

鷹有的時候飛得比雞低，
可是雞永遠上不了天……[33]

最要命的是，這隻母雞格涅科爾其實比雄鷹教授聰明得多。他知道我妻子和女兒站在他那一邊，所以採取這種戰術：用居高臨下的沉默回答我的挖苦（意思是，這老頭子糊塗了，跟他有什麼好說的？）或是善意地跟我打打趣。有時人真是淺薄得可以，就拿我來說，一隻腳已經踏進墳墓了，卻還是滿腦子荒唐的想像：整整一頓飯的時間，我一直幻想格涅科爾將如何暴露出冒險家的身分，麗莎和我的妻子如何恍然大悟，而我又是如何嘲笑她們。

現在偶爾還會發生一些誤會，這樣的誤會過去對我來說只是傳說。雖然我感到很難堪，但還是講一個吧，那是前兩天飯後發生的。

那時我正在自己的房間裡抽菸斗。我的妻子照例走進來，坐下，說起趁著現在天氣暖和，有時間，最好去一趟哈爾科夫，去弄清楚我們這位格涅科爾的來歷。

「好，我去……」我表示同意。

妻子對我的回答很滿意，她起身朝門口走去，但馬上回過身來說：

「對了，還有個請求。我知道你會生氣，但我有責任提醒你……請原諒，尼古拉．斯捷潘內奇，你去卡佳那裡太勤了，我們所有的熟人和鄰居都在議論。她很聰明，又有教養，我不否認，和她來往很愉快，可是以你的年紀和社會地位，透過和她來往獲得滿足，嗯，顯得有點奇怪……再說她的名聲，有點……」

突然間我的血都湧進了腦子，眼冒金星，我跳起來，抱住腦袋，跺著腳，變了聲地喊道：

「走開！走開！走！」

我的樣子看起來一定很可怕，喊聲一定很恐怖，因為我的妻子突然臉色發白，也變了聲絕望地叫了起來。我們的喊叫引得麗莎、格涅科爾，還有葉果爾紛紛跑了進來……

---

33 引自克雷洛夫的寓言〈鷹和雞〉。

「別煩我！」我喊道，「出去！走！」

我兩腿僵硬，就像根本沒有腿一樣。我感到我倒在什麼人的手臂上，然後聽到哭聲，不一會兒就失去了知覺，昏過去兩三個小時。

現在說說卡佳。她每天黃昏前來我這裡，當然，無論是鄰居還是熟人，都不會不知道。她來了只待一下，就帶著我坐車兜風去了。她有自己的馬和一輛今年夏天買的新馬車。她一向出手闊綽：租了一所大宅做別墅，帶有一個大花園，把城裡的家當全都搬了過去，有兩個傭人、一個廚子……我常問她：

「卡佳，等你把你父親的錢花光了，你怎麼過呀？」

「到時候再說。」她回答。

「我的朋友，這些錢，該更嚴肅地對待才好。這是一個好人用誠實的勞動賺來的。」

「這個您已經跟我說過了。我知道。」

我們的馬車先是在曠野上跑，然後在從我的窗戶可以看到的那片針葉林中奔跑。我依舊覺得大自然很美，雖然魔鬼在對我竊竊私語，告訴我當三、四個月我去世以後，所有這些松樹和杉樹、天上的飛鳥和白雲，都不會發現我已經不在了。卡佳喜歡駕車，因為天氣好，又有我坐在她身邊而心情愉快。只要心情好，她就不會說挖苦人的話。

「您人很好，尼古拉．斯捷潘內奇，」她說，「您很特別，沒有演員能扮演您。比方說，我，或者米哈伊爾．費奧多羅維奇，就是壞演員也能演，可是沒人能演您。我羨慕您，非常羨慕！我算個什麼人？什麼人？」

她想了片刻，又問我：

「尼古拉．斯捷潘內奇，我是個反派角色吧，是不是？」

「是。」我回答。

「唔……我該怎麼辦？」

怎麼回答她才好？說句「要工作」或「把你的財產分給窮人」或「認識你自己」很容易，但正因為這麼說太容易了，我反而不知該如何回答。

我的內科醫生同事，在教學生看病時，告訴他們要「針對每個病人的情況給予不同處置」。要聽從這個建議才能相信，教科書上作為範本推薦的最佳和完全有效的方法，對某些病人卻完全不適用。對於精神上的病患也是如此。

可是總要回答點什麼。於是我說：

「我的朋友，你的閒置時間太多了。你必須做點什麼。說實在的，你為什麼不重新投身演藝，既然你有志於此？」

「我不能。」

「你的態度和語氣像個受害者。我不喜歡這樣，我的朋友。你自己也有錯。你想想看，你的出發點是對人、對制度感到憤怒，可是你沒有做任何事去改善這些。你沒有和壞的東西抗爭，而是心灰意懶。你不是抗爭的犧牲品，而是你自己的無力的犧牲品。嗯，當然，那時候你年輕、沒經驗，但現在全都不一樣了。是的，行動吧！你要動起來，為神聖的藝術服務……」

「別唱高調了，尼古拉．斯捷潘內奇，」卡佳打斷了我，「讓我們一言為定：我們可以談男演員、女演員、作家，可是別談什麼藝術。您是絕無僅有的好人，可是您對藝術沒有那麼多理解，不會真心認為它是神聖的。您對藝術既沒有感覺，也沒有聽覺。您一輩子都在忙，您沒時間獲得這種感覺。反正……我不喜歡這些關於藝術的對話！」她氣呼呼地說，「不喜歡！它已經被搞得俗不可耐了，拜託！」

「誰把它弄得俗不可耐了？」

「有人用發酒瘋，報紙用輕浮的態度，聰明人用大道理，把它弄得俗不可耐。」

「大道理不會。」

「會的。要是一個人講大道理，就證明他不懂。」

我趕快轉移話題，免得她說出尖刻的話來。而後我久久沉默不語。直到我們的馬車出了林子，朝著卡佳的別墅去，我才回到剛才的話題，問道：

「你還是沒有回答我：你為什麼不想當演員了？」

「尼古拉．斯捷潘內奇，這太殘忍了吧！」她喊了起來，忽然漲紅了臉，「您想讓我把實話說出來嗎？好吧，如果您……您想知道！我沒有天分！我沒有天分又……虛榮心很強！就是這麼回事！」

她如此坦白之後，轉過臉去，抓緊轠繩，以掩飾雙手的顫抖。

快到她的別墅時，我們大老遠就看見米哈伊爾．費奧多羅維奇正在門口徬徨，焦急地等著我們。

「又是這米哈伊爾．費奧多羅維奇！」卡佳心煩地說，「請他從我這裡走！他讓我厭煩，真沒意思……去他的！」

米哈伊爾．費奧多羅維奇早就應該出國了，可是他一週一週地延後行程。最近他身上發生了某種變化：他不知為何瘦得很厲害，喝酒會喝醉了，過去他可從來不會醉，他那雙黑眉毛也開始變得灰白。當我們的馬車在門口停下時，他毫不掩飾他的高興和焦急。他張羅著扶卡佳和我下車，著急地問長問短，笑著，搓著手，過去我只在他的目光中看過的那種溫順、祈求，又純潔的東西，現在已經擴展到全部表情中。他既高興，又為自己的高興而不好意思，為每天晚上到卡佳這裡來的習慣而不好意思，他覺得需要為他的到來找到某個顯然荒謬的藉口，比如說：「我正好路過，我想，順便去待一下吧。」

我們三個人都進屋去，先是喝茶，而後桌子上出現了我早就熟悉的兩副牌、一大塊起司、一些水果和一瓶克里米亞香檳。我們的話題沒什麼新鮮的，全都是冬天那些。受編排的有大學、學生、文學、戲劇；刻薄的言辭讓空氣變得汙濁、壓抑，而呼出毒氣的已經不是冬天的兩隻癩蛤蟆，而是整整三隻。伺候我們的女傭除了聽到柔和的男中音的笑聲和像手風琴聲一樣的哈哈大笑，還聽到了輕歌劇裡的將軍那種刺耳的笑聲：嘻——嘻——嘻。……

五

如果夜裡雷電交加，狂風暴雨，大家就把這樣的夜晚叫作麻雀夜。我的生活中也有一個如出一轍的麻雀夜……

我在後半夜醒來，突然從床上跳起來。不知為何我覺得自己就要猝死了。為什麼會有這種感覺？身體內並沒有一點馬上要死的感覺，可是我的心卻被恐懼攫住，好像突然看見一大片不祥的天光。

我很快點上燈，直接用瓶子喝了幾口水，然後趕緊來到敞開的窗前。外面的天氣好極了，空氣裡散發著乾草的香味和別的好聞氣味。我能看到柵欄的尖頭，窗邊睡意矇矓的小樹，道路，黑暗的林帶。安詳明亮的月亮懸在空中，天上沒有一絲雲。一片寂靜，樹葉也紋絲不動。我覺得一切都在看著我，悄悄地聽著我怎樣死去……

我覺得很害怕，於是關上窗戶，奔回床上。我摸自己的脈搏，在手臂上沒找到，又在額角找，然後在頸部找，再回到手臂上找，我身上到處都是冷的，被汗水弄得黏糊糊。我的呼吸越來越急促，身體發抖，五內翻騰，臉上和頭頂上好像黏著一層蜘蛛網。

怎麼辦？叫我的家人嗎？不，用不著。我不知道當妻子和麗莎走進我的房間，她們會幹什麼。

我把頭埋在枕頭下面，閉上眼，等著，等著……我脊背發涼，好像要坍塌進內臟裡去，我覺得死神一定正從背後悄悄走近……

「哇，哇！」靜夜中忽然傳來叫聲，我不知道這聲音來自哪裡：是來自我的胸膛還是屋外？

「哇！哇！」

我的天，太可怕了！我想再喝些水，可是已經不敢睜眼，不敢抬頭。我的恐懼如動物般失控。我怎麼也搞不懂為何害怕，是因為我想活下去，還是因為有種新的、還說不清楚的痛苦將要到來？

我頭頂上，隔著天花板，好像有人不知是在呻吟還是在笑……我側耳傾聽。過了一會兒，樓梯上響起了腳步聲。有人急忙下樓，然後又上樓。片刻之後腳步聲又下來了，有人停在我的門口聽屋裡的動靜。

「誰？」我喊道。

門開了，我大著膽子睜開眼，看見了我的妻子。她臉色蒼白，臉上帶著淚痕。

「你還沒睡，尼古拉．斯捷潘內奇？」她問道。

「你有什麼事？」

「看在上帝分上，去麗莎房間看看她吧。她不對勁……」

「好吧……沒問題……」我嘟囔一句，因為感到自己不是孤身一人而欣慰，「好……就來。」

我跟在妻子身後，聽她跟我說話，可是我心慌意亂，什麼都沒聽明白。她舉著蠟燭，光點在樓梯上一跳一跳的，我們長長的影子在顫抖，睡袍絆著我的腿，我上氣不接下氣，覺得有什麼東西在追我，想把我從背後抓住。「我馬上就會死在這裡，就在這個樓梯上。」我想，「馬上……」可是我們走過了樓梯和有一個義大利式窗戶的黑暗走廊，走進了麗莎的房間。她坐在床上，只穿著睡衣，光腿垂著，正在呻吟。

「哦，我的上帝……哦，我的上帝！」她喃喃地說，被我們的蠟燭照得瞇起眼，「我受不了，我受不了……」

「麗莎，我的孩子，」我說，「你怎麼了？」

看到我，她叫了一聲，撲過來抱住我的脖子。

「我的好爸爸……」她大哭著說，「我的好爸爸……我的親親，親親爸爸……我不知道我怎麼了……我心裡難受！」

她抱著我，吻我，含糊不清地說些她很小時對我說過的熱絡的話。

「你靜靜，我的孩子，上帝保佑你，」我說，「不要哭。我自己也難受。」

我用力幫她蓋被子，妻子給她喝水，我們倆在她的床邊團團轉，我的肩膀碰到她的肩膀，此時我想起我們曾經一起幫孩子洗澡。

「你一定得幫幫她，幫幫她！」妻子懇求道，「想想辦法！」

我能想什麼辦法？我什麼都做不了。這女孩不知為何心裡難過，但我一點都不理解、不明白，我只能嘀咕著：

「沒事，沒事……這會過去的……睡吧，睡吧……」

好像故意似的，這時我們院子門口傳來狗吠，開始是小聲而猶豫，而後變成大聲的狂吠。我從來不在意像狗吠或貓頭鷹叫這樣的預兆，可是此時我的心卻痛苦地揪了起來，我趕忙對自己解釋狗叫的原因。

「這不算什麼，」我想，「這是一個有機體對另一個有機體的影響。我的精神高度緊張，所以傳染了妻子、麗莎和狗，就是這麼一回事……預感啦、預見啦，都是因為這種傳染……」

過了一下下，我回到自己房間給麗莎開藥方，此時我已經不再想我快要死了，只是心頭沉悶得難受，甚至遺憾剛才沒有猝死。我一動不動地站在房間中間好久，考慮該給麗莎開什麼藥，但是頭頂的呻吟聲停止了，我決定什麼都不開，然而我還是站著不動……

一片死寂，用一位作家說的話來說，靜得產生了耳鳴。時間過得很慢，月亮投在窗臺上的光帶總也不動，好像原地凝固了……還不會馬上天亮。

但此時柵欄門響了一聲，有人悄悄進來，從一棵小樹上折下一根樹枝，用它小心地敲窗戶。

「尼古拉．斯捷潘內奇！」我聽到有人悄悄呼喚，「尼古拉．斯捷潘內奇！」

我打開窗戶，以為自己在做夢：窗下倚牆站著一個黑衣女子，她沐浴著明亮的月光，一雙大眼睛望著我。月光下她的臉像大理石一樣蒼白、嚴厲、如夢似幻。她的下巴在顫抖。

「是我，」她說，「是我……卡佳！」

月光之下所有女人的眼睛都顯得很大，都是黑色的，人顯得更高、更蒼白，大概正因為這樣，我沒有立刻認出她來。

「你有什麼事？」

「請原諒，」她說，「不知為什麼我突然覺得難受得不得了……我受不了了，就來這裡了……您的窗口亮著燈，所以……我就想來敲敲……對不起……哦，您不知道剛才我多難受！您在做什麼？」

「沒什麼……失眠了。」

「剛才我有種預感。不過，不說了。」

她的眉毛揚起來，眼裡閃著淚光，整個面龐煥發著一種像光一樣信賴的表情，這種表情是我熟悉的，可是已經好久沒見過了。

「尼古拉．斯捷潘內奇！」她把兩隻手伸向我，用祈求的語氣說道，「我親愛的，求求您……懇求您……如果您不輕視我的友誼和我對您的尊敬，就請同意我的請求！」

「什麼請求？」

「把我的錢拿去！」

「嘿，你現在又在演哪一齣啊！我拿你的錢做什麼？」

「您去找個地方治病吧……您需要治病。拿去，好嗎？親愛的，好嗎？」

她熱切地望著我的臉，反覆說：

「好嗎？拿去吧！」

「不，我的朋友，我不要……」我說，「謝謝。」

她背轉身去，低下頭。大概我拒絕她的語氣不容繼續討論錢的問題。

「回家睡覺去吧，」我說，「我們明天見。」

「這麼說，您不把我當作朋友？」她垂頭喪氣地說。

「我沒這麼說。可是現在你的錢對我沒用。」

「對不起，」她的聲調低了整整一個音階，說道，「我理解您……您不願用我這樣的人的錢……一個過去的女演員……好吧，告辭了……」

她馬上走了，我甚至沒來得及跟她道別。

六

現在我在哈爾科夫。

既然和目前的心情奮戰是沒用的，而且超出我的能力，我就決定讓自己最後的日子過得哪怕表面上無可挑剔，如果說我對自己家庭的態度不對（這一點我很清楚），那麼我也要盡力做家裡希望我做的事。她們希望我去哈爾科夫我就去哈爾科夫，況且最近我對一切都無所謂，以至於覺得去哪裡都不錯：去哈爾科夫、巴黎，或是別爾基切夫。

我在中午十二點左右來到這裡，住進離教堂不遠的旅館。在車上我顛簸得發昏，又被過堂風吹得著了涼，現在我坐在床上，抱著腦袋，等著面部痙攣發作。我今天就應該去找那幾個認識的教授，可是我不願去，也沒力氣。

一個年長的旅館侍者走進來，問我有沒有自己的寢具。我留住他聊了五分鐘，問了幾個關於格涅科爾的問題，我就是為了他來這裡的。這個侍者就是哈爾科夫本地人，對這座城市瞭若指掌，可是不記得一個姓格涅科爾的家庭。我又打聽莊園，他也不知道。

走廊的鐘敲了一點，然後又敲了兩點、三點……我覺得一生中等待死亡的這最後幾個月彷彿比整整一生都要漫長。過去任何時候我都不會接受像現在這樣慢吞吞地打發時間。過去，要是得在火車站等車或給學生口試，哪怕一刻鐘也久得不得了，現在我卻可以一動不動地在床上坐一夜，想到明天、後天的夜晚依然這樣無聊、漫長，大後天也一樣……

走廊的鐘敲了五點、六點、七點……天黑了。

我的一個面頰感到隱隱作痛，這是面部痙攣要發作了。我要想點什麼來分散注意力，所以就用立足於我過去的觀點（那時候我還沒有麻木不仁）自問：我、一個名人、三品文官，為何要待在這個旅館的小房間裡，坐在這張鋪著別人灰撲撲的寢具的床上？我為何看著這個廉價的白鐵臉盆，聽著走廊裡破鐘刺耳的聲音？難道這一切和我的榮耀以及我在人群中的崇高地位相稱嗎？我用嘲笑來回答這些問題。

年輕時我曾誇大名聲的意義，以為名聲可以帶來多麼了不起的特殊地位，現在這種想法讓我覺得可笑。如今我是名人，大家帶著景仰之情談論我，我的照片出現在《田地》和《世界畫報》上，我甚至在某個德國刊物上讀到我的生平介紹——但這一切有什麼意義？

我孤孤單單地待在一座陌生的城市，坐在陌生的床上，用手揉著疼痛的臉頰……家庭的口角，債主的不通融，鐵路服務生的粗魯，證件制度的不便，販賣部又貴又不健康的食物，隨處可見的無知，人與人彼此之間的粗魯無禮——所有這一切以及其他很多說不過來的煩心事時時困擾我，這些事情對我的侵擾並不比一個只有家門口的人才認得的小市民少。

我那特殊地位體現在哪裡呢？就算我再出名一千倍，就算我是一個讓我的國家驕傲的英雄，所有的報紙都在刊登我的病情摘要，我的同事、學生和公眾對我的慰問正經由郵局絡繹不絕而來，可是這一切也攔不住我死在陌生的床上，死時滿心煩惱、孤獨至極……當然，這不是任何人的錯，可是我這個有罪的人不喜歡我的盛名。我覺得它好像騙了我。

十點左右我睡著了，儘管面部痙攣發作，卻睡得很沉，要不是被叫醒，還會睡很久。一點剛過，忽然傳來了敲門聲。

「誰？」

「電報！」

「就不能明天送嗎，」我從門房手中接過電報，生氣地說，「我醒來就再也睡不著了。」

「對不起您。您房裡亮著燈，我以為您沒睡呢。」

我打開電報，先看署名：是妻子打來的。她有什麼事？

格涅科爾和麗莎昨天祕密結婚，速回。

我讀著這封電報，突然感到很可怕。讓我害怕的不是麗莎和格涅科爾做的事，而是我對這條消息的淡漠反應。據說哲人和真正的智者才會心如止水。不對，心如止水是心靈的麻木，是提前到來的死亡。

我再次躺下，開始盤算用什麼想法來占領我的腦子。想點什麼呢？好像一切都翻來覆去地想過了，現在再沒有什麼可以喚起我的想法了。

天色剛剛放亮，我抱著膝蓋坐在床上，因為無所事事而努力反省自己。「認識你自己」——這條忠告很好、很有益處，只可惜古人沒教給我們遵循這條忠告的方法。

過去，當我想要理解某人或自己時，我關注的不是行為，因為在行動中一切都是相對的，而是意願。告訴我你想要什麼，我就能說出你是什麼人。

於是現在我就這樣考察自己：我想要什麼？

我希望我的妻子兒女、朋友學生不是因為我的名氣、招牌和標籤，而是把我當作普通人而愛我。還有呢？我想有幾個助手和繼承者。還有什麼？我想一百年後醒來，哪怕只用一隻眼看一看科學發展到了什麼程度。我想再活十幾年……然後呢？

然後就沒有了。我久久地想啊想，可是什麼都想不出來。不管我怎麼絞盡腦汁，不管我的思緒跑到哪裡，我很清楚，我的願望中沒有某種主要的東西、沒有特別重要的東西。我對科學的熱情，活著的願望，我在這陌生床上的枯坐，我認識自己的企圖，我對一切的想法、感覺和認識，它們之間缺少某種把這一切連成一體的共同東西。我心裡的每一種感情、每一種思想都是孤立的，就算最精明的分析者也無法在我對科學、戲劇、文學、學生的所有評判中，在塑造我的想像的所有畫面中找到被稱為主導思想的東西。也找不到什麼活人的神。

既然沒有這個，那就意味著一無所有。

由於缺少這個東西，只要來場大病，感受到對死亡的恐懼，或受到環境和他人的影響，我從前認為是自己的世界觀、以為是我生活的意義和歡樂所在的東西就會被徹底顛覆，土崩瓦解。難怪我用一些奴隸式的或野蠻人式的思想和情緒把生命的最後幾個月搞得暗無天日，而現在又心如死灰，連天亮了都沒發現。當一個人心裡沒有一種超越外界影響的更為強大的力量，那麼當然，只要來一次重感冒，他就會失去平衡，把每隻鳥都看成貓頭鷹，把每種聲音都聽成狗吠。這時候他那些悲觀主義和樂觀主義，他那些偉大或渺小的思想便只有癥候的意義，再沒有其他意義了。

我被打敗了。既然如此，就沒必要再想下去，再沒什麼可說的了。我就坐在這裡，一聲不響地等著看下面會怎麼樣。

早上旅館雜役給我送來了茶和一份當地報紙。我無意識地讀著第一頁的啟事、社論和其他報紙及雜誌的文摘、新聞……讀著讀著，我在新聞中看到了這樣一條消息：

我們著名的科學家、德高望重的教授尼古拉．斯捷潘諾維奇乘特別快車抵達哈爾科夫，入住某旅館。

顯然，顯赫的名字註定要脫離名字的主人而單獨存在。現在我的名字正無憂無慮地在哈爾科夫遊蕩；而三個月後它將漆成金色，像太陽般在墓碑上閃耀，而那時候我已經被埋在青苔下了……

有人輕輕敲門。不知誰要找我。

「誰呀？進來！」

門開了，我吃驚得後退了一步，趕緊把睡袍的前襟掩好。站在我面前的是卡佳。

「您好，」她說道，因為上樓梯而喘著大氣，「您沒想到吧？我也……也來這裡了。」

她坐下，眼睛不看我，結結巴巴地繼續說：

「您怎麼不問個好？我也來了……今天……我聽說您住在這個旅館，就來看您了。」

「看到你很高興，」我聳聳肩，說道，「可是我很驚訝……你好像從天而降。你來這裡做什麼？」

「我嗎，嗯……想來就來了。」

我們都不出聲了。她突然猛地站起來，走到我面前。

「尼古拉·斯捷潘內奇！」她臉色蒼白，雙手按住胸口，說，「尼古拉·斯捷潘內奇！我不能再這樣生活下去了！不能！您就看在上帝的分上，快點告訴我，馬上告訴我：我該怎麼辦？您倒是說啊，我該怎麼辦？」

「我能告訴你什麼呢？」我無可奈何地說，「我無話可說。」

「求求您告訴我吧！」卡佳全身發抖，喘著大氣說，「我向您發誓，我不能這樣生活下去了！我受不了了！」

她跌坐在椅子上大哭起來。她頭向後仰，絞著手，跺著腳；帽子從她的頭上掉下來，吊在帽帶上，頭髮也散了。

「幫幫我！幫幫我！」她央求道，「我受不了了！」

她從旅行包裡掏出手帕，幾封信被帶了出來，滑過她的膝蓋掉到地上。我把信從地上撿起來，認出其中一封信是米哈伊爾·費奧多羅維奇的筆跡，並無意中看到一個詞的片段：「熱切……」

「我沒什麼能對你說的，卡佳。」我說。

「幫幫我！」她大哭著抓起我的一隻手來吻，「您可是我的父親，我唯一的朋友啊！您聰明，有教養，活了這麼久！您當過老師！您告訴我：我該怎麼辦？」

「真的，卡佳，我真不知道……」

我不知所措，只覺得被她哭得心慌意亂，都快站不住了。

「我們吃早飯吧，」我強笑著說，「別哭了！」

我緊接著又無力地加上一句：

「我快要死了，卡佳……」

「一個字，就一個字也好！」她向我伸出雙臂，哭著說，「我該怎麼辦？」

「你這人真奇怪……」我嘟囔道，「我真不明白！一個那麼聰明的人，怎麼這樣！突然就哇哇哭起來了……」

我們陷入了沉默。卡佳整理好頭髮，戴上帽子，然後把信揉起來塞進提包——她一聲不吭，慢慢地做這些事，她的臉上、胸前、手套上都是淚痕，可是她的表情已經變得冷硬……我看著她，感到難為情，因為我比她幸運。我在死前不久，在生命落幕時才發現了自己沒有哲學家朋友稱為中心思想的東西，而這可憐女人的靈魂卻從來漂泊無依，而且一輩子都找不到歸宿，一輩子！

「走吧，卡佳，我們去吃早飯。」我說。

「不了，謝謝。」她冷淡地回答。

我們又沉默了一分鐘。

「我不喜歡哈爾科夫，」我說，「陰沉沉的。一個灰色的城市。」

「嗯，也許吧……不漂亮……我在這裡待不久……是路過。今天就走。」

「去哪裡？」

「去克里米亞……不，去高加索。」

「是這樣啊。去很久嗎？」

「不知道。」

卡佳站起來，冷淡地笑了一下，眼睛不看我，把手伸過來。

我很想問：「就是說，你不會來參加我的葬禮？」可是她不看我，她的手很涼，好像不是她自己的。我默默地把她送到門口……她走出我的房間，沿著長長的走廊，頭也不回地往前走。她知道我在目送著她，大概轉彎時會回頭看看吧。

不，她沒有回頭。她的黑長裙閃了最後一下，腳步聲遠去了……別了，我親愛的！

古謝夫

一

天已經黑了，很快就入夜了。

古謝夫，一個無限期休假的二等兵，在吊床上抬起身子，壓低嗓子說：

「巴維爾·伊萬內奇，您聽見了嗎？在蘇城，一個兵跟我說，有一次，他們的船開著開著，撞上了一條大魚，把船底都撞壞了。」

他搭話的對象一言不發，好像沒聽見一樣。這人不知是什麼身分，在船上的醫務室裡，大家都叫他巴維爾·伊萬內奇。

又是一片寂靜……風撩撥著船纜，螺旋槳轟鳴，海浪嘩嘩響，吊床吱吱叫，可是耳朵對這一切早就習以為常，好像周圍的一切都在沉睡，無聲無息。很悶。那三個病人——兩個士兵和一個水手玩了一整天牌，現在已經睡著，說起夢話了。

好像搖晃起來了。古謝夫身下的吊床慢慢地一起一落，好像在歎息，這樣一次、兩次、三次……有個東西掉到地上，「砰」的一聲，大概是一個杯子掉了。

「風掙脫了鏈子……」古謝夫側耳聽著動靜，說道。

這次巴維爾．伊萬內奇咳嗽了一聲，生氣地回答：

「你一下說船撞上了魚，一下說風掙脫了鏈子……莫非風是個野獸，還能掙脫鏈子？」

「基督徒是這麼說的。」

「那些基督徒跟你一樣什麼也不懂……他們瞎說得多了！應該自己長腦子，想清楚。真是個糊塗人。」

巴維爾．伊萬內奇暈船。船一搖晃，他就生氣，會因為一點小事發火。在古謝夫看來，就沒什麼值得生氣的事。就說魚或掙脫鏈子的風吧，這有什麼奇怪或是不明白的？要是魚有山那麼大，背像鱘魚那麼硬呢？同樣，要是世界的盡頭立著厚厚的石頭牆，把狂風銬在牆上，怎麼就不行……風要不是掙脫了鏈子，為什麼像瘋子那樣衝過整個大海，像狗那樣嚎叫？要是沒把它們銬住，那天氣平靜的時候它又去了哪裡呢？

古謝夫想了好久，像山那麼大的魚，生鏽的粗大鏈子，然後他覺得沒意思了，又開始想老家。他在遠東當了五年兵，現在正要回老家去。他腦子裡浮現出一個被雪覆蓋的大池塘……池塘的一邊是陶瓷廠，磚色的房子，高高的煙囪，吐出像雲一樣的黑煙；池塘的另一邊是村子……哥哥阿列克塞趕著雪橇出了從村邊數來的第五個院子，他身後坐著穿一雙大大氈靴的兒子小萬卡和女兒阿古麗卡，她也穿著氈靴。阿列克塞喝得醉醺醺的，萬卡在笑，阿古麗卡的臉被包住了，看不見。

「說不定會把孩子凍壞的……」古謝夫想。

「上帝，給他們腦子吧，」古謝夫小聲念叨，「讓他們敬重父母，別比父母精明……」

「得來副新鞋底，」生病的水手粗著嗓子說夢話，「沒錯！」

古謝夫的思路斷了，池塘忽然消失，出來了一個沒有眼睛的大牛頭，馬和雪橇也不向前走了，而是在一團黑霧裡打轉。可是他還是很高興，因為看見了親人。快樂讓他喘不上氣，像螞蟻一樣爬遍全身，在手指上顫抖。

「上帝讓我們見面了！」他說著夢話，但隨即就睜開眼，在黑暗中找水喝。

他喝了水躺下，雪橇又走開了，然後又是沒有眼睛的牛頭、煙、雲……就這麼一直到天亮。

二

先是在黑暗中出現了藍圈——這是一個圓窗，然後古謝夫慢慢能看清隔壁床的巴維爾・伊萬內奇了。這個人要坐著睡覺，因為躺著會憋氣。他臉色發灰，鼻子長而尖，因為極瘦，顯得眼睛特別大，額角塌陷，鬍鬚稀疏，腦袋上的頭髮很長……看他的面孔，你怎麼也搞不清他是什麼身分，是老爺、商人還是農民？看他的神情和長髮，他像是個吃齋的或見習修士，但是聽他說話，又不像個修士。他因為搖晃、生悶氣和自己的病很受罪，喘著大氣，乾乾的嘴唇翕動著。發現古謝夫在看他，他就把臉轉過去，說道：

「我慢慢猜出來了……是的……現在我都明白了。」

「您明白什麼了，巴維爾．伊萬內奇？」

「這件事……我一直奇怪，為什麼不讓你們這些生了重病的人好好待著，倒讓你們上船。這裡又悶，又熱，又晃——總而言之，一切都可能要了命。現在我都明白了……沒錯……醫生把你們送上船是為了甩掉你們。不想再管你們這些豬了……你們又不付診費，又麻煩，你們一死，還把統計數字弄得很難看——你們就是豬狗！要甩掉你們一點都不難……只要，第一，沒良心、沒仁義，第二，糊弄管船的。第一個條件根本可以不考慮，在這方面我們都是行家。第二個條件只要做點手腳就行。在四百個健康的士兵和水手中混進五個病人並不顯眼，只要把你們趕上船，跟健康人混在一起，急急忙忙點個數，亂中一點都看不出問題，等船開了，才發現甲板上躺著幾個動彈不了的人和末期結核病人……」

古謝夫不明白巴維爾．伊萬內奇的話，他想他一定是在責備自己，就辯解說：

「我躺在甲板上是因為沒有力氣，把我們用駁船往輪船運的時候，我冷得厲害。」

「太可惡了！」巴維爾．伊萬內奇接著說，「最主要的是，大家全知道你們經受不住這趟遠航，但還是讓你們上了船！好，就算你們到得了印度洋，然後會怎麼樣？想想就可怕……這就是對忠心耿耿且毫無瑕疵的阿兵哥的報答！」

巴維爾．伊萬內奇怒目而視，厭惡地皺著眉，喘著大氣，說：

「真該有人在報紙上狠批一番，鬧個雞飛狗跳！」

兩個生病的士兵和那個水手醒了，他們在玩牌。水手半躺在吊床上，兩個士兵坐在旁邊的地上，姿勢非常難受。一個士兵的右臂包紮著，手腕裹成了包袱，他只好用右邊的腋下或臂彎夾著牌，用左手出牌。搖晃得很厲害，人站不起來，既不能喝茶，也不能吃藥。

「你是當勤務兵的吧？」巴維爾．伊萬內奇問古謝夫。

「沒錯，是勤務兵。」

「我的上帝，我的上帝！」巴維爾．伊萬內奇傷心地搖著頭，「把一個人從老家拉出來，拖到一萬五千里外，最後讓他得了肺結核，而……這都是為了什麼呢，你倒是說說？就是為了把他變成什麼科別金上尉或迪爾卡准尉的勤務兵。真荒謬！」

「工作不難做，巴維爾．伊萬內奇。早上起來擦了靴子，生了茶炊，整理了房間，然後就沒事做了。中尉整天畫圖紙，你愛做什麼就做什麼，禱告也行，讀書也行，上街也行。願上帝讓人人都能過這種日子。」

「是啊，好得很！中尉畫圖紙，你就整天坐在廚房想家……圖紙……問題不是圖紙，是人的生命！人的生命只有一次，應該愛惜才對！」

「那是，當然了，巴維爾．伊萬內奇，壞人在哪裡也不受歡迎，在家也好，當兵也好，但要是你規規矩矩地過日子、聽話，誰要欺負你呢？老爺都是有教養的人，通情達理……五年裡，我一次都沒被關過禁閉；挨打，讓我想想，總共就一次……」

「為什麼挨打？」

「因為打人。我手重，巴維爾．伊萬內奇。有四個滿洲人進了院子，是送木材還是幹什麼，不記得了。我正心煩，就狠狠地揍了他們。有一個，該死的，鼻子出血了……中尉從窗戶看見了，生了氣，打了我一耳光。」

「你這蠢人，可憐的人……」巴維爾．伊萬內奇小聲念叨著，「你什麼都不懂。」

他被晃得筋疲力盡，閉上了眼睛，頭時而向後仰，時而垂到胸前。他好幾次想要躺下，可是根本不行，喘不上氣來。

「你為什麼要打那四個滿洲人？」過了一會兒，他問道。

「就那樣……他們進了院子，我就打他們。」

隨後靜下來了……打牌的人玩了兩個多小時，都很起勁，邊玩邊罵，但是搖晃讓他們沒了精神，就扔下牌躺下了。古謝夫眼前又出現了大池塘、工廠、村子……又看見雪橇在走，萬卡在笑，而傻女孩阿古麗卡把皮毛大衣敞開，把腳伸了出來，意思是，大家，看哪，我的氈靴跟萬卡的不一樣，是新的。

「五歲多了，還傻乎乎的！」古謝夫說著夢話，「別伸腳了，還是給你當兵的叔叔弄點喝的吧。我給你禮物。」

隨後安德隆來了，肩上扛著燧石獵槍，還有一隻死兔子，衰老的猶太人以撒契克跟在他的身後，要用一塊肥皂換兔子。一下是一條黑色的小母牛進了外屋，一下是多姆娜一邊縫衣服一邊不知為何哭泣，一下又是沒有眼睛的牛頭、黑煙……

上面有人大叫了一聲，幾個水手跑了過去，好像在甲板上拖著什麼大的東西或什麼東西在敲打著。又有幾個人跑了過去……別是出了什麼事吧？古謝夫抬起頭，側耳細聽，他看見兩個士兵和那個水手又在玩牌，巴維爾．伊萬內奇坐在那裡，嘴唇微微動著。他覺得很悶，沒力氣呼吸，口渴，可是水溫吞吞的，很難喝……搖晃還是沒有停。

忽然一個玩牌的士兵發生了件怪事……他把紅桃叫作方塊，數不清數，扔下牌，膽怯而傻乎乎地笑著，用眼睛掃視著大家。

「我這就，各位弟兄……」他說著就躺到了地上。大家全都呆掉了。他們叫他，但他不應。

「斯捷潘，你是不是難受，啊？」另外那個包著手臂的士兵問他，「要不要叫神父，啊？」

「斯捷潘，你喝點水……」水手說，「拿去，兄弟，喝吧。」

「你用杯子碰他的牙齒有什麼用？」古謝夫生氣地說，「莫非你看不見，傻瓜？」

「看見什麼？」

「什麼！」古謝夫嘲笑說，「他沒氣了，死了！這都不知道，還問！這種糊塗人，我的上帝啊！……」

三

船不晃了，巴維爾．伊萬內奇快活起來。他不生氣了，換上一副誇耀、激昂，而嘲笑的表情。他好像想說：「沒錯，我馬上跟你們說一件事，保管你們笑破肚子。」圓窗打開了，輕柔的風吹到巴維爾．伊萬內奇臉上，傳來了說話聲和船槳嘩嘩打水的聲音……窗戶正下方傳來尖細難聽的嗓音，可能是一個中國人在唱戲。

「是啊，現在我們在錨地，」巴維爾．伊萬內奇帶著譏諷的笑容說，「再過個把月我們就在俄國了。嗯哪，可敬的大兵先生。我在奧德薩下船，從那裡直奔哈爾科夫。哈爾科夫有我的一個作家朋友。我到了那裡就跟他說：可以了，老兄，先把你那些關於女人的風流韻事和自然美景的破爛情節丟在一邊吧，揭露一下兩條腿的廢物吧……寫寫這些題目……」

他沉吟片刻，然後說：

「古謝夫，你知道我是怎麼誆他們的嗎？」

「誆誰，巴維爾．伊萬內奇？」

「就是這群人……你明白嗎，這船上只有頭等艙和三等艙，而且只有農民，就是粗人才能坐三等艙。要是你穿著禮服，哪怕遠遠地看起來像個老爺或有錢的，就請你坐頭等艙。不管怎麼說，請你拿出五百盧布來。請問，你們為什麼要行這個規矩呢？你們是不是想藉此提高俄國知識分子的地位？『完全不是。我們不讓您去三等艙，就是因為體面人不能坐三等艙，那裡糟透了，不像話。』是嗎？謝謝你們那麼關心體面人。可是不管那裡是好是歹，我就是沒有五百盧布。我沒貪汙，沒剝削異族人，沒走私，沒把誰打死，那您評評理，我有沒有權利坐頭等艙，好把自己當成俄國知識分子？但跟他們講理講不通……只好想法子蒙混過去。我穿上農民的粗呢長外衣、大靴子，裝成醉醺醺的粗人，走到售票處，說：『大人，給張票……』」

「那您本人是什麼身分？」水手問道。

「神職。我父親是位正直的神父。他總是當面對這個世界的大人物說實話，為這個受了好多苦。」

巴維爾．伊萬內奇說得很累，氣喘吁吁，但仍然繼續說下去：

「沒錯，我總是當面說實話……我不怕任何人，不怕任何東西。在這方面我跟你們天差地別。你們愚昧、盲目、受壓制，你們什麼都看不見，就算看見了也不明白……別人告訴你們風掙脫了鏈子，你們是畜生、是野蠻人，你們都信；別人鞭打你們的脖子，你們還吻他的手；一個穿浣熊皮大衣的臭小子把你們搶劫得精光，然後扔來十五戈比的賞錢，你們就說『老爺，讓我吻吻您的手』。你們是賤民，是可憐的人……我可是另一回事。我腦子清楚，什麼都看得見，就像鷹和鵰在天上飛一樣。我什麼都明白。我是抗議的化身。看見暴力，我也抗議；看見假仁假義和虛偽，我也抗議；看見那些畜生洋洋得意，我也抗議。我是不可戰勝的，哪怕西班牙宗教裁判所都不能迫使我沉默。沒錯……把我的舌頭割掉，我比畫手勢抗議；把我關進地窖，我就在那裡大喊大叫，讓一里外都能聽見；要不我就絕食而死，讓他們的黑良心掛上一普特的重量；要是把我殺死，我就變成鬼。所有認識的人都跟我說：『巴維爾．伊萬內奇，您這人真讓人受不了！』我為這樣的名聲而自豪。我在遠東工作了三年，留下的名氣能流傳一百年：我跟所有人都大吵過。俄國的朋友來信說『你別回來』，我偏偏說回就回……沒錯……我知道這才是生活。這才叫生活。」

古謝夫望著窗外，沒聽他說。透明的海水完全籠罩在明晃晃的灼熱陽光之下，呈現出柔和的碧綠色，水面上漂蕩著一條小船，船上站著幾個光著手臂的中國人，舉著關金絲雀的鳥籠子，喊著：

「叫呢，叫呢！」

另一條船撞到了那條小船，又過去一條汽艇。還有一條船上坐著一個肥胖的中國人，正用筷子吃飯。水面懶洋洋地晃動，白色的海鷗在水面上懶洋洋地飛著。

「真想對著這個胖子的脖子來一拳……」古謝夫看著那個胖中國人，打著呵欠，想道。

他打起了瞌睡。他覺得整個大自然都在打瞌睡。時間過得很快，白天不知不覺地過去了，黑暗不知不覺地降臨了……船已經不是停在原地，而是開往什麼地方了。

四

兩天過去了。巴維爾．伊萬內奇不再坐著，而是躺著。他閉著眼睛，鼻子不知為何顯得更尖了。

「巴維爾．伊萬內奇！」古謝夫喊他，「嘿！巴維爾．伊萬內奇！」

巴維爾．伊萬內奇睜開眼睛，動了動嘴唇。

「您不舒服嗎？」

「沒事……」巴維爾．伊萬內奇喘著大氣回答，「沒事，甚至正相反……好些了……你看……我已經能躺了……輕些了……」

「那好，謝天謝地，巴維爾．伊萬內奇。」

「我拿自己跟你們比，我就可憐你們……這些可憐蟲。我的肺是健康的，這咳嗽是從胃裡來的……我連地獄都熬得住，就別說紅海了！再說，我對自己的病、對藥，都持批評態度。而你們……你們是愚昧之人……你們苦啊，太苦太苦了！」

船沒有晃動，很平靜，可是又悶又熱，就像澡堂一樣，不要說自己說話，就是聽別人說話都費力。古謝夫抱著膝蓋，把頭放在上面，想著老家。我的上帝，這麼悶熱的時候想想雪和寒冷多痛快啊！你趕著雪橇，突然馬不知怎麼受驚了，狂奔起來……牠們也不管是道路、溝渠還是河谷，就像瘋了一樣狂奔著跑遍全村，跑過池塘，跑過工廠，然後在野地裡跑起來……「拉住馬！」工廠的工人和路人拚命地喊，「拉住馬！」可是為什麼要拉住呢！讓凜冽的寒風打到臉上，刺痛兩手；讓馬蹄濺起的雪團落到帽子上，領子裡，脖子裡，胸前；讓滑木吱吱地響，讓套索和馬軛都掙斷吧，見它們的鬼！當雪橇側翻，你飛快地迎面撞進一個雪堆，那有多痛快啊！而後你站起來，全身都是白的，鬍子上掛著小冰柱，帽子手套都不見了，腰帶也鬆脫了……人家哈哈大笑，狗汪汪地叫著……

巴維爾．伊萬內奇半睜開一隻眼，用那隻眼看看古謝夫，小聲問：

「古謝夫，你的長官貪汙嗎？」

「誰知道呢，巴維爾．伊萬內奇！我不知道，這種事我不問。」

又過了很長時間，沒人說話。古謝夫想心事，說夢話，時而喝些水。他說和聽都很費力，生怕別人和他說話。過了一小時、兩小時、三小時，已經是晚上了，然後是黑夜，但他對這些沒有知覺，一直坐著，想著嚴寒。

他依稀聽見有人走進了醫務室，有人在說話，但過了五分鐘，所有人都不出聲了。

「願他上天堂，永遠安息，」手上纏著綳帶的士兵說，「他這人太吵了。」

「什麼？」古謝夫問道，「誰？」

「死了。現在就要把他抬上去了。」

「呃，好吧，」古謝夫打了個呵欠，嘟囔道，「願他上天堂。」

「你覺得怎麼樣，古謝夫？」沉默了一會兒，那個纏綳帶的士兵問道，「他能不能上天堂？」

「你說誰？」

「巴維爾．伊萬內奇。」

「能。……他受了好長時間罪……再說，他是教士出身，神父都有好多親戚。他們為他祈禱，就能把他送進天堂。」

纏綳帶的士兵在吊床上坐下，朝著古謝夫，壓低聲音說：

「你，古謝夫，也活不了多久了。你到不了俄國。」

「是不是醫生或醫士說的？」

「不是誰說的，看得出來……一個人快死了，一下子就看得出來。你不吃不喝，瘦得要命，看起來嚇人。總而言之，肺結核。我說這個不是為了讓你害怕，而是，說不定你想領聖餐，行塗聖油禮。要是你有錢，你該交給長官。」

「我沒給家裡寫信，」古謝夫歎了口氣，「我死了他們也不會知道。」

「會知道的，」那個生病的水手聲音低沉地說，「你死了，船上就會把這事記錄在值班日誌上，到了奧德薩就會抄送給軍隊長官，再給家鄉或哪裡送信……」

這談話讓古謝夫害怕，他開始感到特別想要點什麼。他喝了口水——不對；爬到圓窗邊呼吸溼熱的空氣——不對；努力想老家，想嚴寒——也不對……最後，他覺得哪怕在醫務室再待一分鐘，他也會悶死。

「我悶得慌，兄弟，」他說，「我要上去。看在基督的分上，把我弄上去吧。」

「沒問題，」打繃帶的士兵表示同意，「你上不去，我背你。抱住我的脖子。」

古謝夫摟住那個士兵的脖子，士兵用好的那隻手托著他，背他上去。無限期休假的士兵和水手橫七豎八地躺在甲板上睡覺，人很多，很難穿過去。

「站到地上，」打繃帶的士兵小聲說，「靜靜跟著我，抓住我的衣服……」

很黑。甲板上，桅杆上，周圍的海上都沒有燈光。一個哨兵站在船頭的最前面，好像雕塑一樣紋絲不動，可是似乎連他也睡著了。船好像自顧自地行駛，想去哪裡就去哪裡。

「就要把巴維爾．伊萬內奇扔進海裡了……」打繃帶的士兵說，「裝進袋子扔進水裡。」

「是啊，就是這種規矩。」

「還是躺在家鄉的地下好些。好歹母親會來墳上哭一哭。」

「就是。」

有畜糞和乾草的味道。一些牛在船舷旁垂頭而立，一頭、兩頭、三頭……一共八頭！這裡還有一匹小馬。古謝夫伸出手想摸牠，牠卻甩頭，齜牙，想咬他的袖子。

「該死的……」古謝夫生氣地說。

他和士兵兩個人悄悄地湊近船頭，站在船舷旁，時而看看上面，時而看看下面。上面是深邃的天空，明亮的星星安詳而寧靜，跟在家鄉的村子裡一模一樣，下面卻是又黑又亂。不知道巨浪為什麼發出那麼大的聲音。不管哪個浪，它們個個都想比別的浪抬得高，想超過另一個浪，把它壓下去。接著後浪又來了，也那麼凶，那麼張牙舞爪，閃著白色的鬃鬣，轟隆隆地撲向前浪。

大海不會想事情，也不知道憐憫。要是船小一些，不是用厚鐵皮做的，海浪就會一點也不憐惜地把它打碎，吞下所有人，不管是聖人還是罪人。船也是一副又死板又凶狠的表情。這個大鼻子怪物只管往前衝，一路劈開千千萬萬的浪，它不怕黑暗，也不怕風，不怕空曠，也不怕孤獨，它對什麼都不在乎。要是海裡也住著人，那這個怪物也一樣不會管他們是聖人還是罪人，會把他們都碾死。

「現在我們在哪裡？」古謝夫問道。

「不知道。大概在大洋裡。」

「看不見陸地……」

「沒錯！聽說過七天才能看見呢。」

兩個士兵都望著閃著磷火般白光的海浪，默不作聲地想心事。古謝夫率先開口了。

「沒什麼了不起的，」他說，「就是嚇人，好像待在黑漆漆的林子裡。要是，比方說，現在放一條小艇下水，長官命令到一百里外的海上抓魚——我也願意去。或是，比方說，一個基督徒落水了，我也會跟著他跳下去。德國人和滿洲人我不救，基督徒我就跟著下水去救。」

「你怕死嗎？」

「怕。我捨不得這份工作。我家裡有個哥哥，你知道，他靠不住，是個酒鬼，亂打老婆，不敬父母。沒有我就全完了。我父親和老太婆，你看著吧，就得討飯了。可是，兄弟，我的腿站不住了，又喘不上氣……我們回去睡覺吧。」

五

古謝夫回到醫務室，躺到吊床上。還是有種說不出的願望在折磨他。胸口壓得慌，腦子裡響著敲打的聲音，嘴乾得不行，連動動舌頭都費力。他打盹，說夢話，被噩夢、咳嗽、憋悶折磨，到凌晨他深深地睡著了。他夢見他在營房，人家剛從爐子裡把麵包拉出來，他爬進爐子裡做蒸氣浴，用樺樹掃把拍身體。他睡了兩天，第三天中午兩個水手下來，把他抬出了醫務室。

他被縫進了一個帆布袋子，為了增加重量，把兩根鐵爐條和他一起裝了進去。他被縫進帆布袋後，看起來像個胡蘿蔔或白蘿蔔，頭寬腳窄……日落前他被抬到甲板，放在一塊板子上，板子的一頭放在甲板上，另一頭放在一個用凳子墊高的箱子上，周圍站著無限期休假的士兵和船員，他們都脫下了帽子。

「讚美上帝，」神父開始念，「時時刻刻，萬世永遠！」

「阿門！」三個水手唱道。

無限期休假的士兵和船員紛紛畫十字，向旁邊的海浪望去。一個人被縫進帆布袋，馬上就要飛進海浪中，這真奇怪。難道每個人都可能碰到這種事嗎？

神父在古謝夫身上撒了些土，向他鞠躬。大家唱〈永恆的悼念〉。

值班的水手抬起木板的一頭，古謝夫頭朝下順著木板飛了出去，在空中打了個轉，然後「砰」的一聲，泡沫蓋住了他，一時間他的身邊好像簇擁著白色的花邊。但這是轉瞬即逝的，他隨即消失在海浪中。

他很快地向海底落去。他能到達海底嗎？聽說到海底有四里呢。他下沉了十來丈，好像在想事情，被海流帶著，橫移的速度已經超過了下降的速度。

可是他在路上遇到了一群魚，這種魚叫領航魚。魚看見這個黑東西就停下不動，然後忽然全體一齊向後轉，消失了。不到一分鐘，牠們又像箭頭一樣再次向古謝夫衝來，以鋸齒狀的隊形在他身邊游動……

此後又出現了一個黑東西。這是一隻鯊魚。牠氣派地、不情不願地從古謝夫的下面游過，好像沒看見他似的，於是古謝夫沉到了牠的背上。鯊魚翻了個身，肚皮朝上，享受著溫暖透明的海水，懶洋洋地張開了長著雙排牙的大嘴。領航魚很興奮，牠們停下來想看看下面會怎麼樣。鯊魚玩弄了一會兒這個東西，不情願地把嘴湊過去，小心地用牙碰了碰它，帆布袋就從頭到尾裂開了，一支爐條掉了出來，把領航魚都嚇了一跳。爐條打了鯊魚一下，而後迅速沉到海底去了。

而此時，在海面上，在太陽落下去的地方，堆起了大塊大塊的雲彩，有的像凱旋門，有的像獅子，有的像剪刀……從雲彩背後伸出一條寬寬的綠色光帶，一直延伸到中天。過了一會兒，它旁邊又出現了一條紫色的光帶，紫色光帶的旁邊是金色的光帶，接下來是玫瑰色的……天空呈現出柔和的淡灰色。大海看著這壯闊迷人的天空，先是沉下臉，但很快自己也呈現出各種溫柔、歡快、動人，而難以言傳的顏色。

跳來跳去的女人

一

所有親朋好友都參加了奧莉加．伊萬諾夫娜的婚禮。

「看他，他有點與眾不同，不是嗎？」她朝丈夫那邊擺擺頭，對朋友說，好像在解釋為什麼嫁給了這樣一個平平凡凡、普普通通、沒有任何出眾之處的人。

她丈夫奧西普．斯捷潘內奇．德莫夫是個醫生，九品文官。他在兩家醫院上班：在一家醫院當約聘的主治醫師，在另一家醫院當解剖師。每天上午九點到中午，他在醫院看診、查病房，下午會坐著公共馬車去另一家醫院，解剖死去的病人。他很少私人出診賺錢，一年也就賺五百盧布左右，僅此而已。關於他還有什麼好說的呢？

奧莉加．伊萬諾夫娜和她的好朋友可就不那麼普通了。他們中的每個人都有過人之處，也有一點名氣，有的已經成名，被看作名人；有的哪怕還沒出名，但總歸很有前途。一個是話劇演員，他是早就獲得認可的大天才，一個文雅、聰明、謙遜的人，還是優秀的朗誦者，在教奧莉加．伊萬諾夫娜朗讀；一個是歌劇演員，那是一個好心的胖子，他歎息著對奧莉加．伊萬諾夫娜說，她正在毀掉自己，如果她不偷懶，能自律，就一定會成為有名的歌唱家。此外還有幾位畫家，為首的利雅博夫斯基是個風俗畫家、動物畫家和風景畫家。這是個很英俊的金髮年輕人，大約二十五歲，他的畫展很成功，最近的一幅畫賣了五百盧布。他為奧莉加．伊萬諾夫娜改畫，說她可能會有成績。還有一個大提琴師，他總是能拉出如泣如訴的曲調，他公開聲稱，在他認識的所有女性中，只有奧莉加．伊萬諾夫娜能幫他伴奏。還有一個年輕但已經出名的文學家，寫中篇小說、劇本和短篇小說。還有誰呢？對了，還有瓦西里．瓦西里伊奇，他是一位老爺、一個地主、業餘的插畫家和裝飾畫家，他對俄國的古風、民謠和史詩很著迷，他那些在紙上、瓷器上和熏黑的盤子上創作的作品簡直精美絕倫。

這群人富有藝術氣質，自由逍遙，是命運的寵兒，儘管文雅而低調，卻只有在生病時才會想起世界上有醫生，對他們來說，德莫夫的名字跟西多羅夫或塔拉索夫沒什麼區別。德莫夫在這群人之中格格不入，顯得多餘、渺小，雖然他是個高個子、寬肩膀的人。他穿的禮服好像不是自己的，鬍子的樣式看起來也像店員。不過，如果他是作家的話，人家會說他的鬍子像左拉。

演員對奧莉加．伊萬諾夫娜說，她披著亞麻色頭髮、身著婚紗的樣子像一棵在春天開了滿樹嬌嫩白花的亭亭玉立的櫻桃樹。

「不，我跟您說，」奧莉加．伊萬諾夫娜握著他的手說，「怎麼會忽然發生了這個事呢？您聽我說，聽我說……我跟您講，我父親跟德莫夫是同醫院的同事。當可憐的父親病了以後，德莫夫夜以繼日地在他病榻旁值守。這是多麼大的自我犧牲！您聽我說，利雅博夫斯基……還有您，作家，聽我說，這很有意思。您走近點。他那麼捨己為人，那麼真心體貼！夜裡我也不睡覺，坐在父親旁邊，突然間——好傢伙，這善良的傢伙愛上了我！我的德莫夫陷入了情網！沒錯，有時候命運就是這麼奇妙。就這樣，父親去世後，他有時來看我，有時在外面遇見我，有那麼一個晚上，突然間——砰！——他向我求婚了……真是猝不及防……我哭了一夜，自己也沒命地愛上了他。這不是，您瞧，成了他妻子。他有種像熊一樣強大而有力的東西，不是嗎？現在從我們這裡看，他的臉只有四分之三對著我們，光線很暗，可是等他轉過臉來，你們看看他的額頭。利雅博夫斯基，您看著額頭怎麼樣？德莫夫，我們說你呢！」她對著丈夫大聲說，「來，把你誠實的手伸給利雅博夫斯基……就這樣。你們交個朋友吧……」

德莫夫溫厚而天真地笑著，向利雅博夫斯基伸過手去，說道：

「很高興。有一個跟我一起畢業的同班同學也姓利雅博夫斯基，你們是親戚嗎？」

二

奧莉加．伊萬諾夫娜二十二歲，德莫夫三十一歲。婚後他們過得好極了。奧莉加．伊萬諾夫娜將客廳的四壁掛滿了自己和別人的速寫畫稿，有的有畫框，有的沒畫框；在鋼琴和家具旁，用中國傘、畫架、五顏六色的布片、短劍、半身像和照片等等做了一個漂亮的小小展示區……她用民間版畫裱糊餐廳的牆，掛上樹皮鞋和鐮刀，牆角放一把長把鐮刀和一把草耙，就布置出了一個俄國風格的餐廳。她用黑色呢料把臥室的天花板和牆壁遮住，讓臥室看起來像一個洞穴，又在床的上方掛了一盞威尼斯式樣的燈，在門口放了一個持戟的人像。大家都認為這對年輕夫婦的小家很可愛。

奧莉加．伊萬諾夫娜每天十一點起床，起來後她會彈琴，或是，如果陽光好的話，用油畫顏料畫點東西。然後，十二點多她去找自己的女裁縫。他們一點都不富裕，錢剛剛夠用，所以她和女裁縫得絞盡腦汁，才能讓她經常有光鮮出眾的新衣服穿。她們經常用重新染色的舊衣服，用不值錢的零碎透花紗，用花邊、長毛絨和絲綢製造出奇蹟來，那不是衣服，簡直是綺麗的夢幻。從裁縫那裡離開之後，奧莉加．伊萬諾夫娜通常會去找某個熟識的女演員，打聽戲劇方面的新聞，順便弄幾張新戲首演或慈善演出的戲票。從女演員那裡出來，她要去畫家的工作室或畫展，然後去找一位名人——邀請他做客，或者回訪，或者只是聊聊天。

她在每一處都受到歡快友善的接待，大家都說她美麗、可愛、不一般……那些她稱之為名人或大人物的人對她就像對自己人，把她當作地位平等的人，大家眾口一詞地預言，以她的才華、品味和聰明，如果不分心，她一定會有很大的成就。她唱歌，彈鋼琴，畫畫，做雕塑，參加業餘話劇演出，但這一切都不是隨便做做，而是顯示出了相當的天分。不管是做彩燈，化妝，幫人打領帶——她做什麼都做得很新穎很藝術，又優美又可愛。不過，她的天分最突出地表現在很快地結交名人，並和他們走得很近。只要有個人哪怕出了一點名，引起了大家的談論，她就已經跟他認識了，當天就跟他成了朋友，請他來做客了。

對她來說，每認識一個人都是一個真正的節日。她非常崇拜名人，為他們而驕傲，每天晚上都夢見他們。她不可自控地對名人上癮。老的一批離開了，被遺忘了，代之以一些新的，但她對新人也會很快習以為常或感到失望，於是又重新如飢似渴地尋找更新的大人物，周而復始。這是何必呢？

五點，她跟丈夫一起在家吃飯。他的樸實、理智和善良讓她又感動又歡喜。她時而跳起來，猛地抱住他的頭不停地親吻。

「你，德莫夫，聰明，又高尚，」她說，「可是你有一個很大的缺點。你對藝術一點都不感興趣。你對音樂和繪畫都持否定態度。」

「我不懂這些，」他溫順地說，「我一輩子都在研究自然科學和醫學，我沒時間對藝術感興趣。」

「可是這很可怕，德莫夫！」

「為什麼呢？你的朋友不懂自然科學和醫學，可是你並不為此責怪他們。每個人有自己的事。我不懂歌劇和風景畫，可是我這樣想：既然一部分聰明人一輩子獻身於這些東西，另一些聰明人為這些東西投入可觀的金錢，這就說明它們是必要的。我不懂，可是不懂並不意味著否定。」

「讓我握握你誠實的手！」

飯後奧莉加．伊萬諾夫娜去找她的友人，然後去看戲或聽音樂會，午夜後才回來，每天如此。

每個星期三她都舉辦聚會。在這些聚會上，女主人和客人並不玩牌，也不跳舞，而以各種藝術自娛。話劇演員朗誦，歌劇演員演唱，畫家在紀念冊上作畫——奧莉加．伊萬諾夫娜有很多紀念冊，大提琴家演奏，女主人自己也畫畫、做雕塑、唱歌和伴奏。在朗誦、演奏和歌唱的空檔，他們就談論和爭論文學、戲劇和繪畫的話題。沒有女士，因為奧莉加．伊萬諾夫娜認為，所有女人，除了女演員和自己的女裁縫，都很庸俗無趣。每次聚會上都有這樣的情形：女主人聽到門鈴響就會全身一震，帶著勝利的表情說道：「是他！」這個「他」指的是某位新邀請的名人。德莫夫不在客廳，沒有人想起他的存在。可是在正好十一點半的時候，通往餐廳的門會準時打開，德莫夫會帶著善良溫順的笑容站在門口，搓著手說道：

「各位先生，請吃點宵夜。」

大家走進餐廳，每次都看到桌子上擺著同樣的東西：一盤牡蠣，一塊火腿或小牛肉，沙丁魚，起司，魚子醬，蘑菇，伏特加和兩瓶葡萄酒。

「我親愛的膳食總管！」奧莉加．伊萬諾夫娜高興地拍手說，「你真迷人！各位先生，看看他的額頭！德莫夫，你把臉側過來。各位先生，看看，他的臉像孟加拉虎，表情卻像鹿一樣善良可親。喏，親愛的人！」

客人邊吃邊看著德莫夫想：「真的是個滿好的小人物。」但他們很快就忘記他，繼續談論戲劇、音樂和繪畫。

這對年輕夫婦很幸福，日子過得很愉快。不過他們蜜月的第三個星期過得不太幸福，甚至慘兮兮的。德莫夫在醫院被傳染了丹毒，在床上躺了六天，不得不把一頭漂亮的黑髮剃了個精光。奧莉加．伊萬諾夫娜守在他身邊哭得很傷心，但當他的病情好轉，她就用一塊白頭巾把他那剃光的腦袋包了起來，把他畫成貝都因人[1]。兩個人都很開心。他好了以後重新去醫院，可是三天後又出了新的意外。

「我很倒楣，媽媽[2]！」一天吃飯的時候他說道，「今天我做了四個解剖，一下子劃傷了兩根手指。回家我才發現。」

奧莉加．伊萬諾夫娜害怕了。他笑了，說這是小事，他解剖的時候經常割傷手指。

「我太專注了，媽媽，就會忘了要小心。」

奧莉加．伊萬諾夫娜提心吊膽，唯恐他受到屍體的感染，整夜地向上帝祈禱，總算平安無事。於是這平靜幸福、無憂無慮的日子又繼續下去了。

現在的生活很美好，說話間春天越來越近，它已經在遠方微笑著，預示著無數的歡樂。幸福是無窮無盡的！四月，五月，六月，遠離城市的別墅，散步，畫畫，釣魚，夜鶯。而後從七月直到秋天，畫家將去伏爾加旅行，而奧莉加．伊萬諾夫娜也將作為社團[3]不可或缺的一員參加這次旅行。她已經為自己做了兩件亞麻的旅行裝，買了外出作畫的顏料、畫筆、畫布和新的調色板。利雅博夫斯基差不多每天都來，看她的繪畫有什麼進步。當她給他看自己的畫的時候，他就把手深深地插進口袋裡，緊緊抿著嘴，哼哼著說：

「這個……您的這朵雲在呼喊：它上面的亮光不是傍晚的那種。前景好像被吃掉了，

1 西亞和北非的遊牧阿拉伯人。
2 這是他對妻子的暱稱。
3 原文為用俄語拼音的法語詞 société。

您明白嗎?有點不對勁……您的這個小農舍好像被什麼壓著，在呻吟……這個角應該暗一些。整體而言不錯……我很欣賞。」

他講得越深奧，奧莉加．伊萬諾夫娜就越容易聽懂。

三

節週[4]的第二天，德莫夫買了熟食和點心去別墅看妻子。他已經兩個星期沒見她了，非常想念。當他坐在車廂裡，和後來在林中找自家的別墅時，他覺得又餓又累，腦子裡一直想像著放鬆地跟妻子吃頓飯，然後倒在床上睡覺的畫面。看著那一大包魚子醬、起司和鮭魚肉，他很開心。

當他找到自家別墅並認出來時，太陽已經快下山了。老女僕說小姐不在家，他們大概快回來了。別墅的樣子很難看，天花板很低，貼著壁紙，不平整的地板上有裂縫。這裡只有三個房間，一個房間裡放著床，另一個房間的椅子上和窗臺上堆著畫布、畫筆、紙和一些男人的大衣、帽子，而在第三個房間裡，德莫夫看到三個不認識的男人。其中兩個是黑頭髮的，留著大鬍子，還有一個胖子，臉刮得很乾淨，看樣子是個演員。桌子上擺著茶炊，水正開著。

「您有什麼事?」演員肆無忌憚地打量著德莫夫,用低沉的嗓音問道,「您找奧莉加·伊萬諾夫娜嗎?等一會兒,她馬上來。」

德莫夫坐下等起來。一個黑髮男子迷迷糊糊、有氣無力地看看他,為自己倒了一杯茶,問道:

「要不要喝茶?」

德莫夫想喝茶,也想吃東西,可是為了不破壞胃口,他沒有要茶。很快傳來了腳步聲和熟悉的笑聲,門「砰」地開了,戴著寬簷帽的奧莉加·伊萬諾夫娜跑進房間,她的手裡提著一個小箱子,跟在她身後的是利雅博夫斯基,他拿著一把大傘和折疊椅,臉紅撲撲的,很開心。

「德莫夫!」奧莉加·伊萬諾夫娜叫了一聲,高興地兩手一拍,「德莫夫!」她把頭和雙手貼在他的胸前,說道,「是你!你為什麼那麼久不來?為什麼?為什麼?」

「我哪有時間,媽媽?我一直忙,等我有空的時候,火車時刻表又湊不上。」

「不過我看見你真高興!我整夜都夢見你,擔心你會生病。唉,你不知道你有多好,你來得多是時候!你是我的救星。只有你能救我!明天這裡有一場非常別致的婚禮,」她邊笑

4 基督教節日,復活節後的第八週。

邊給丈夫繫領帶，接著說，「車站上的年輕電報員結婚，一個什麼齊格里傑耶夫。一個很帥的年輕人，嗯，腦子不笨，相貌中有種，那個，強有力的東西，像隻熊……可以以他為模特兒畫個年輕的瓦蘭人[5]。所有住在這裡的人都喜歡他，答應了參加他的婚禮……這人沒什麼錢，也無依無靠，怯生生的，當然，不同情他可是罪過。你想想，明天做完彌撒就舉行結婚儀式，然後大家一起從教堂步行到新娘家……你懂嗎，鳥鳴婉轉的樹林，光影婆娑的草地，在綠油油的背景下，我們大家好像五彩繽紛的光點，太別致了，有法國表現主義[6]的味道呢。可是，德莫夫，我穿什麼衣服去教堂呢？」奧莉加．伊萬諾夫娜做出哭臉，說，「我在這裡什麼都沒有，什麼都沒有！沒有衣服，沒有花，沒有手套……你得救我。既然你來了，也就是說，是命運親自派你來救我的。我親愛的，拿起鑰匙，回家幫我把衣櫃裡那件粉色長裙拿來。你記得那件裙子，它就掛在最前面……還有，在儲藏間右邊的架子上你可以看見兩個紙盒子，打開上面那個，裡面有很多花邊、花邊、花邊、花邊，還有各種零頭布料，下面就是花了。你把那些花都小心地挖出來，親愛的，盡量別弄皺了，之後我來選……再買副手套。」

「好的，」德莫夫說，「我明天就回去，把東西送來。」

「明天怎麼行？」奧莉加．伊萬諾夫娜吃驚地看看他，問道，「明天你哪裡來得及？明天第一班火車九點開，婚禮在十一點。不，親愛的，得今天走，一定得今天！如果你明天來不了，就派人送來。好了，走吧……那班客車快到了。別誤了車，寶貝。」

「好吧。」

「唉，我多捨不得放你走啊。」奧莉加．伊萬諾夫娜說，眼淚在她的眼眶裡打轉，「我這個傻瓜，幹嘛要答應電報員啊？」

德莫夫趕緊喝了杯茶，拿起一個麵包圈，溫順地笑著去車站，而魚子醬、起司和鮭魚肉都被兩個黑髮男子和胖演員吃了。

四

七月寂靜的月夜，奧莉加．伊萬諾夫娜站在伏爾加河的一條輪船的甲板上，時而看看河水，時而看看美麗的河岸。利雅博夫斯基站在她的身邊，正對她說話，他說水中的黑影不是黑影，而是夢境。如果能沉浸在這帶著夢幻般閃光的水中，沉浸在這深不可測的天空中，沉浸在憂鬱沉思的、提示著我們生活的庸庸碌碌，也啟示著某種高尚永恆美好的河岸的風景中，就這麼死去，成為回憶，那該多好啊。往事庸俗無趣，未來沒有價值，而這一生只有一

5 古代北歐的一個民族。

6 原文如此。似應為「印象派」。

次的美妙夜晚就要結束，消逝在永恆中——活著有什麼意思呢？

而奧莉加．伊萬諾夫娜時而聽利雅博夫斯基說話，時而聽夜的寧靜，她想，自己是永生的，永遠也不會死。她從未見過的碧綠的水、天、河岸、黑影，和充滿她心胸的無法抑制的快樂彷彿都在對她說，她將成為一位偉大的畫家，在那遙遠的某個地方，在月夜之外，在遼闊無邊的世界等待她的是成功、榮譽、大家的愛戴……當她目不轉睛地久久望著遠方，她覺得彷彿有人群、燈光、歡慶的樂聲和歡呼，她彷彿看見自己穿著白色的長裙，鮮花從四面八方灑向她……

她還想道，在她身旁，倚著船舷的是一個真正偉大的人，是一個天才，上帝選中的人……到目前為止，他所創作的一切都很美妙、新鮮，且非凡，而隨著時間的推移，當他罕見的天才更成熟時，他將創作出驚人，而深不可測的作品。這從他的臉上，從他的表情風度上，從他對大自然的態度上都能看得出。他談論陰影、夜的色調，和月光的方式是獨特的，用的是自己的語言，使人不由得感受到他駕馭大自然的權威是多麼迷人。他自己也非常俊美，特立獨行，他的生活獨立而自由，與一切俗人的生活迥異，好像鳥兒一樣。

「天涼了。」奧莉加．伊萬諾夫娜說道，打了個冷戰。

利雅博夫斯基把她擁進自己的斗篷，悲傷地說：

「我覺得我被您控制住了。我是您的奴隸。您今天為什麼那麼迷人？」

他始終目不轉睛地望著她，目光讓人害怕，她不敢看他。

「我瘋狂地愛著您……」他耳語道，他說話時把氣哈在她的面頰上，「只要您對我說一個字，我就情願去死，拋棄藝術……」他極為激動地咕噥著，「愛我吧，愛我吧……」

「別這麼說，」奧莉加．伊萬諾夫娜閉上眼睛說道，「這很可怕。德莫夫怎麼辦？」

「什麼德莫夫？幹嘛要管德莫夫？德莫夫關我什麼事？伏爾加河、月亮、美景、我的愛、我的狂喜，根本沒有什麼德莫夫……啊，我什麼都不知道……我不需要過去，請給我這一刻……只一個瞬間！」

奧莉加．伊萬諾夫娜的心跳起來。她想了想她的丈夫，可是她覺得過去的一切，無論是婚禮、德莫夫，還是那些聚會，都很渺小，微不足道，模糊，無益，而且非常非常遙遠……真的，什麼德莫夫？為什麼要想德莫夫？德莫夫關她什麼事？世界上真有這麼個人嗎？或者他只是個夢？

「對他這個平凡普通的人來說，他得到的幸福已經足夠了，」她用兩手捂住臉，想道，「就讓那裡的人指責我、罵我好了，我要跟所有人作對，不顧一切，走向毀滅，不顧一切，走向毀滅……應該體驗生活中的一切。上帝啊，多可怕，又多好啊！」

「怎麼樣？怎麼樣？嗯？」畫家擁抱著她，狂吻著她那雙無力地試圖推開他的手，喃喃說道，「你愛我吧？是吧？是吧？哦，多麼美的夜晚！多美好的夜晚！」

「是的，多美的夜晚啊！」她望著他那雙閃著淚光的眼睛，低聲說道，然後很快地四下看看，抱住他，用力地吻了他的嘴唇。

「快到基涅西奧了。」有人在另一側的甲板上說。

傳來了一陣沉重的腳步聲。這是一個販賣部的服務生從身邊走過。

「喂，」奧莉加．伊萬諾夫娜對那人說，她因為幸福而笑中帶淚，「幫我們拿葡萄酒來。」

畫家由於激動而臉色蒼白，在長椅上坐下，用愛慕而感激的目光看著奧莉加．伊萬諾夫娜，然後閉上眼睛，臉上帶著陶醉的微笑，說道：

「我累了。」

他把頭靠在了欄杆上。

五

九月二日暖和無風，但是個陰天。黎明時分伏爾加河上就起了輕霧，九點以後下起小雨來。完全看不到天氣放晴的希望。喝茶時利雅博夫斯基對奧莉加．伊萬諾夫娜說，繪畫是最不討好、最沉悶的藝術，說他不是畫家，說只有傻瓜才認為他有才華，說著說著，突然無緣無故地拿起餐刀把他最好的一幅速寫給劃了。喝完茶以後他悶悶不樂地坐在窗邊望著伏爾加河。伏爾加河已經不再閃爍，渾濁暗淡，看起來冷冷的。一切的一切都預示著憂鬱慘澹的秋天快到了。如今，大自然從伏爾加河收走了河岸那鬱鬱蔥蔥的綠毯、河面上鑽石般的反光、清明淡藍的遠景和所有華麗的盛裝，把它們關進匣子裡，直到來年春天。烏鴉在伏爾加河旁飛著，大聲嘲笑：「光啦！光啦！」利雅博夫斯基聽著烏鴉的聒噪，想著他已經乾癟了，失去了才華，這世界上的一切都是無常、相對，又愚蠢，他不該跟這個女人拴在一起……總之，他心情很壞，很消沉。

奧莉加．伊萬諾夫娜坐在隔板後的床上，用手指撥弄著她美麗的亞麻色鬈髮，想像著她正在家裡，時而在客廳，時而在臥室，時而在丈夫的書房，想像把她帶到劇院、女裁縫和名流朋友那裡的情景。他們現在在做什麼呢？他們會想起她嗎？演出季已經開始了，該安排聚會了。德莫夫怎麼樣了？親愛的德莫夫！他在信裡用那麼溫順、孩子式的抱怨語氣求她快點回家！他每個月給她寄來七十五盧布，當她寫信說欠了那些畫家一百盧布，他就再寄來一百盧布。他多麼善良寬厚啊！奧莉加．伊萬諾夫娜已經旅行倦了，她覺得煩悶，想快點擺脫這些農民，擺脫河水的潮味，擺脫這種肉體不潔的感覺，這些日子她住在農民的木屋，從一個村莊換到另一村莊，一直有這種不乾淨的感覺。要不是利雅博夫斯基向那些畫家保證過要一起在這裡待到九月十二號，今天就可以走了。那該多好啊！

「我的老天，」利雅博夫斯基呻吟道，「什麼時候才能出太陽啊？沒有太陽我沒法繼續畫陽光下的風景！……」

「你有一張草圖，畫的是多雲的風景，」奧莉加．伊萬諾夫娜從隔板背後走出來，說道，「記得嗎，右邊是森林，左邊是一群牛和鵝。現在你可以把它畫完。」

「哼！」畫家皺眉，「畫完?!莫非您以為我那麼傻，不知道我應該做什麼！」

「你對我的態度大變了！」奧莉加．伊萬諾夫娜歎道。

「那才好呢。」

奧莉加．伊萬諾夫娜的臉開始抽搐，她走到灶邊哭了起來。

「嗯，就差眼淚了。您別哭了！我有一千個哭的理由，可是我沒哭。」

「一千個理由！」奧莉加．伊萬諾夫娜哽咽地說，「最主要的理由是您已經厭煩我了。就是這樣！」她說著大哭起來，「說實話吧，您為我們的愛情感到羞恥。您總是想法子不讓其他畫家發現，雖然這是藏不住的，他們早就知道了。」

「奧莉加，我求您一件事，」畫家雙手捂住心口，用祈求的語氣說，「就求您一件事：別折磨我！此外我對您再無所求了。」

「但您發誓，您還愛我！」

「這太痛苦了！」畫家跳了起來，一字一頓地從牙縫裡擠出幾個字，「鬧到最後我會跳進伏爾加河，要不就會發瘋的！饒了我吧！」

「來，殺了我，殺了我好了！」奧莉加．伊萬諾夫娜喊道，「殺了我！」

她又嚎啕大哭起來，走到隔板的後面。雨大了，唰唰地打在草屋的頂上。利雅博夫斯基抱住頭來來回回地從房間一角走到另一角，然後帶著堅決的表情，好像要跟誰證明什麼似的，戴上帽子，背上獵槍，走出了農舍。

他走了以後，奧莉加．伊萬諾夫娜躺在床上哭了很久。剛開始她想服毒，讓利雅博夫斯基回來看到她死了，後來她的思緒飛到了家裡的客廳和丈夫的書房，想像著自己一動不動地坐在德莫夫身邊，享受身體安適和清潔的感覺，晚上坐在劇院裡聽馬西尼[7]的演唱。她想念文明的生活、城市的喧囂、與名人的往來，想得心都痛了。

農婦走進來，不疾不徐地生火做飯。屋裡一股焦味，煙霧彌漫。那些畫家來了，他們穿著高筒的靴子，靴子很髒，因為下雨臉上也溼漉漉的，他們端詳著畫的草圖，自我安慰說，就是壞天氣裡伏爾加河也有它的美景。牆上的廉價掛鐘「滴答、滴答」地響著……受凍的蒼蠅聚在前室角落的聖像旁邊嗡嗡叫著，可以聽到蟲子在長凳下的厚紙板裡爬動的聲音……

7 義大利男高音歌唱家，當時在俄國演出。

日落以後利雅博夫斯基回來了。他把帽子扔到桌子上，面色蒼白，表情痛苦，穿著髒靴子往長凳上一坐，閉上了眼睛。

「我累了……」他說。他動著眉毛，竭力想抬起眼皮。

為了跟他示好，表示自己沒有生氣，奧莉加．伊萬諾夫娜走到他身邊，一聲不響地吻了吻他，用梳子順了順他淡黃色的頭髮。她想幫他梳梳頭。

「這是幹嘛？」他問道。他打了冷戰，好像被什麼冰東西碰了一下，睜開了眼，「這是幹嘛？讓我安靜點，拜託您了。」

他推開她，走開了。她覺得他的臉上是一副討厭和懊惱的表情。這時候那農婦小心地兩手捧著，把一盤子白菜湯端給他，奧莉加．伊萬諾夫娜看到她的兩根大拇指浸入了湯裡。這個腆著肚子的骯髒農婦、利雅博夫斯基狼吞虎嚥地吃起來的白菜湯、這農舍、這種起初因為樸素和藝術家的凌亂而讓她喜歡的生活，現在都讓她覺得可怕。忽然覺得自己受了侮辱，她冷冷地說：

「我們應該暫時分開一段時間，否則我們會因為煩悶而大吵起來。我受夠這個了。今天我就走。」

「怎麼走？騎棍子嗎？」

「今天星期四，九點半會有一班船來。」

「啊？是啊，是啊……好，你走吧……」利雅博夫斯基語氣和緩地說，用手巾代替餐巾擦了擦嘴，「你在這裡很悶，沒事做，把你留在這裡是非常自私的。你走吧，我們十二號以後見。」

奧莉加．伊萬諾夫娜快活地收拾行李，高興得臉都發紅了。她問自己，難道這是真的嗎？她很快就會在客廳畫畫，在臥室睡覺，在鋪著桌巾的飯桌上吃飯？她心裡頓時輕鬆了，不再生畫家的氣。

「我把顏料和畫筆留給你，利亞布希卡[8]，」她說，「剩下的你帶回去……你要注意，我不在的時候別偷懶，別悶悶不樂，要工作。你很棒，利亞布希卡。」

九點時利雅博夫斯基和她吻別，之後把她送到碼頭，她想這是為了不要在船上當著別的畫家的面吻她。輪船很快來了，把她帶走了。

兩天半以後她回到家。她沒脫帽子和雨衣，激動得呼吸急促，走進客廳，又從客廳去了餐廳。德莫夫沒穿外套，背心敞開，正坐在桌旁用叉子磨刀子，面前的盤子裡放著一隻松雞。當奧莉加．伊萬諾夫娜走進家門，她想好了，要對丈夫隱瞞一切，她自信有足夠的手腕和意志這麼做。可是現在，當她看到他的喜形於色，看到他那溫順而幸福的笑容，和快樂

8 女主角對「利雅博夫斯基」的改造，以示親暱。

得放光的眼睛，就覺得瞞騙這個人正像誹謗、偷竊或殺人一樣卑鄙可惡，她做不到，她沒有這個能力。她在一剎那間決定把發生的一切都告訴他。讓他親過、抱過之後，她在他面前跪下，捂住了臉。

「怎麼了？怎麼了，媽媽？」他溫柔地問，「想家了吧？」

她抬起羞得發紅的臉，帶著愧疚和祈求的表情看著他，可是恐懼和羞恥讓她無法說出實情。

「沒什麼……」她說，「我沒事……」

「坐下，」他說，把她扶起來，讓她坐在桌旁，「就這樣……吃點松雞。你餓壞了，小可憐。」

她一邊貪婪地呼吸著自家的氣息，一邊吃松雞，而他寵溺地看著她，高興地笑著。

六

看樣子，當冬天過去了一半，德莫夫開始猜到自己被欺騙了。他好像良心有愧一樣，無法正視妻子的眼睛，見到她時也不再快活地微笑。為了少和她獨處，德莫夫常常帶著同事柯羅斯傑列夫回家吃飯。柯羅斯傑列夫是個小個子，頭髮剪得很短，面容疲倦，他跟奧莉加·

伊萬諾夫娜說話時，會緊張得解開西裝所有的扣子，再把它們重新扣上，然後用右手去撚左邊的小鬍子。吃飯時兩位醫生會談到橫膈膜升高有時會引起心跳過速，或者最近經常遇到多發性神經炎，或者昨天德莫夫在解剖一具患有「惡性貧血」的屍體時發現胰臟有癌症等等。

他們兩個談這些醫學話題，好像只是為了讓奧莉加．伊萬諾夫娜不必說話，也就是不必說謊。飯後，柯羅斯傑列夫會坐下彈鋼琴，而德莫夫總是表示讚歎，對他說：

「嘿，老弟！真行！再彈個悲傷的曲子！」

柯羅斯傑列夫聳起肩膀，張開十指，試了幾個音，用男高音唱起「請告訴我，俄國農民在哪裡不呻吟」，而德莫夫又歎息一番，用拳頭撐著頭，發起呆來。

最近一段時間裡奧莉加．伊萬諾夫娜的舉止極其不體面。每天早上醒來時她的心情都很壞，想著利雅博夫斯基已經不愛她了，感謝上帝，一切都結束了。可是喝完咖啡她又想，利雅博夫斯基讓她丟下了丈夫，現在她既失去了丈夫又失去了利雅博夫斯基。然後她想起朋友說的話，說利雅博夫斯基正準備展出一幅驚人的作品，兼有風景畫和風俗畫的特徵，類似波列諾夫[9]的風格，所有去過他畫室的人都為之讚歎不已。但是，她想，他是受了她的影響而創作這幅作品的，而且由於她的影響，他的創作明顯地完善了。她的影響是如此有益和重

9 俄國風景畫家。

大，要是不再施加這影響，他八成會毀掉的。她還想起，他最後一次來找她時穿著一件波點圖案的灰色上衣，繫著新領帶，懶懶地問她：「我好看嗎？」確實，他很風雅，長鬈髮，藍眼睛，非常好看（或者，也許這是種感覺），對她很溫柔。

奧莉加．伊萬諾夫娜回憶起很多往事，思前想後，於是穿上外衣，心情激動地去利雅博夫斯基的畫室。她來時他正開心，對自己那幅確實很傑出的畫作得意洋洋，他蹦蹦跳跳，說俏皮話，用玩笑回答嚴肅的問題。奧莉加．伊萬諾夫娜因為對利雅博夫斯基有怨恨而恨這幅畫，可是出於禮貌，她沉默地在畫前站了大約五分鐘，然後歎了口氣，就像在聖物面前一樣，輕聲說：

「是啊，你還從沒畫過像這樣的作品。知道嗎，簡直驚人。」

然後她開始求他愛她，不要拋棄她，心疼她這個可憐又不幸的女人。她哭泣，吻他的手，要求他發誓愛她，向他證明沒有她的良好影響他就會走上歧路，就會毀掉。她破壞了他的好心情，感覺自己受了屈辱，就跑去找女裁縫，或是去找某個認識的女演員要戲票。

如果沒在畫室找到他，就會給他留一封信，發誓說如果他今天不來找她，她就服毒。他害怕了，就來看她，還留下吃午飯。他不管她丈夫在場，只管對她出言不遜，她也同樣回敬。他們倆都感到彼此糾纏不清，互為暴君和仇敵，都很惱怒，卻只顧惱怒，沒有發覺兩人的表現都有失體面，甚至連短頭髮的柯羅斯傑列夫也全明白了。飯後利雅博夫斯基急忙告辭要走。

「您要去哪裡？」在前室，奧莉加．伊萬諾夫娜帶著仇恨望著他，問道。

他皺著眉，瞇起眼，說出一個兩人都認識的女士的名字，顯然在嘲笑她的嫉妒，要故意氣她。她回到臥室，躺在床上，因為嫉妒、懊惱、屈辱，咬著枕頭嚎啕大哭起來。德莫夫把柯羅斯傑列夫留在客廳，來到臥室，窘得手足無措，小聲說：

「別大聲哭，媽媽……何必呢？這事不能聲張……不能讓人看出來……要知道，已經發生的事是沒法挽回的。」

嫉妒沉重地壓在她的心頭，弄得她頭都快炸了。她不知如何平復自己，又想，也許事情還可以挽回，就洗了臉，撲上粉，蓋住哭過的痕跡，飛奔到那位認識的女士家。在那裡沒找到利雅博夫斯基，她就又跑到第二個、第三個女人家……剛開始她還為這樣到處亂跑而感到難為情，但後來就習以為常了，結果，有一天晚上，她為了找利雅博夫斯基跑遍了所有認識的女人家，大家都明白是怎麼回事了。

有一次她對著利雅博夫斯基這樣說她的丈夫：

「這個人用他的大度壓迫我！」

她非常喜歡這句話，以至於每次遇到那些知道她和利雅博夫斯基私情的畫家，在談到她丈夫時，她總是用力擺擺手，說：

「這個人用他的大度壓迫我！」

他們的生活節奏和去年一樣，每個星期三晚上舉行聚會。演員朗讀，畫家畫畫，大提琴家演奏，歌唱演員唱歌，通往客廳的門準時在十一點半打開，德莫夫微笑著說：

「各位先生，請吃點東西吧。」

奧莉加·伊萬諾夫娜依然在尋找偉大的人物，找到了還不滿足，又繼續找。她依然每天深夜才回家，但德莫夫卻不像去年那樣已經睡了，而是在他的書房裡做什麼。他三點左右躺下，八點起床。

一天晚上，她準備去劇院，正站在穿衣鏡前，德莫夫走進臥室，穿著長禮服，打著白領結。他溫順地微笑著，像過去那樣高興地直視著妻子的眼睛，容光煥發。

「我剛做了論文答辯。」他坐下，摩挲著膝蓋。

「通過了嗎？」奧莉加·伊萬諾夫娜問。

「嘿嘿！」他笑起來，伸長脖子想從鏡子裡看到妻子的臉，妻子卻仍然背對著他，站在那裡整理髮型，「嘿嘿！」他又笑了一聲，「那個，他們很可能會給我病理學總論的兼任副教授的資格。很有可能。」

看他那滿面春風、容光煥發的樣子，如果此時的奧莉加·伊萬諾夫娜願意分享他的快樂和歡喜，他一定會原諒她的一切，現在的和將來的，會把一切都忘掉。可是她不懂什麼是兼任副教授，什麼是總論病理學，再說她正擔心看戲遲到，就一句話也沒說。

他坐了兩分鐘，抱歉地笑笑，出去了。

七

這是不安的一天。

德莫夫頭痛得厲害，他早上沒有喝茶，沒有去醫院，一直躺在書房的土耳其式長沙發上。奧莉加．伊萬諾夫娜十二點多照常去找利雅博夫斯基，給他看自己的一幅畫稿（nature morte[10]），並問他昨天晚上為何沒來。她覺得那幅畫很不怎麼樣，畫它只是為了多一個去找畫家的理由。

她沒按鈴就進了房子，她在前面脫套鞋時，聽到畫室裡好像有人悄悄地跑過，有女人的長裙發出窸窸窣窣的聲音。她急忙往畫室裡望，只看到一小片棕色的裙子一閃，消失在一幅大畫後面，這幅畫連同畫架一起用一塊黑布蒙著，蓋布一直垂到地板上。毫無疑問，那裡藏了一個女人。奧莉加．伊萬諾夫娜自己都在這幅畫的背後躲過多少次了！利雅博夫斯基看

10 法語，靜物寫生。

起來很尷尬，好像很驚訝她來了，他向她伸出雙手，不自然地笑著，說：

「哎呀！很高興看見您。您帶來了什麼好東西？」

奧莉加．伊萬諾夫娜的眼裡充滿了眼淚。她覺得羞恥、痛苦，就算給她一百萬她也不願當著那個女人說話，此時這個情敵、女騙子，大概正躲在畫架背後幸災樂禍地暗笑呢。

「我給您帶來了一幅畫稿……」她怯怯地說，聲音細弱，嘴唇發抖，「nature morte。」

「啊……一幅畫稿？」

畫家拿起那幅畫稿，一邊打量一邊好像不自覺地走到另一個房間。

奧莉加．伊萬諾夫娜順從地跟著他。

「nature morte……一流的，」他念念有詞，字斟句酌，「療養地……見鬼……港口……[11]」

畫室那邊傳來匆忙的腳步聲和長裙的「沙沙」聲，說明「她」已經走了。奧莉加．伊萬諾夫娜想大聲喊叫，想用重東西打畫家的頭，然後離開，可是透過眼淚她什麼都看不見，還被自己的羞恥壓得動彈不得，覺得自己已經不是奧莉加．伊萬諾夫娜，也不是畫家，而是個卑微的人。

「我累了……」畫家望著那幅畫，疲倦地說，他晃著腦袋，好像在跟瞌睡搏鬥，「這當然滿可愛的，可是今天也是素描，去年也是素描，一個月後還是素描……您不厭煩嗎？我要是您就放棄畫畫，好好弄音樂或別的什麼。要知道您不是畫家，而是音樂家。不過您知道，我累壞了！我馬上讓人送茶來，怎麼樣？」

他走出了房間，奧莉加．伊萬諾夫娜聽到他在跟僕人吩咐什麼。為了不必告辭，也不必解釋，主要是為了不嚎啕大哭，她趁利雅博夫斯基沒回來，趕緊跑到外間穿上套鞋，走了出去。出來後她放鬆地吸了一口氣，覺得自己永遠擺脫了利雅博夫斯基、繪畫，以及在畫室裡重重壓在她心頭的羞恥感。一切都結束了！

她去找女裁縫，然後去看昨天剛到這裡的巴爾奈[12]，又從巴爾奈那裡去了一家樂譜店，而她一直想的是要給利雅博夫斯基寫一封冷淡、決絕，而充滿自尊的信，到了春天或夏天，她要跟德莫夫去克里米亞，在那裡徹底擺脫過去，開始新的生活。

她很晚才回家，連外衣都沒脫就坐在客廳裡寫信。利雅博夫斯基說她不是畫家，現在她回敬說，他每年畫的都是同樣的東西，每天說的都是同樣的話，他已經僵化，除了已有的成績，他再也不會有成就了。她還想寫，他大大地得益於她的好影響，而他之所以表現得很壞，是因為她的影響被各種可疑的人抵消了，就像今天藏在畫後面的那一位。

11 這幾個詞讀起來好像一串順口溜。
12 德國演員、戲劇活動家。

「媽媽！」德莫夫在書房隔著門喊她，「媽媽！」

「你有什麼事？」

「媽媽，你別進我的房間，只走到門口就好。是這樣的，前天我在醫院感染了白喉，現在……我不太好。趕快叫人去找柯羅斯傑列夫。」

奧莉加．伊萬諾夫娜從來不叫丈夫的名字，而是叫他的姓，就像對所有相識的男人一樣。她不喜歡他的名字奧西普，因為它讓人聯想起果戈里的奧西普[13]和一句雙關語：「奧西普阿爾希普，阿爾希普奧西普」[14]。但現在她喊道：

「奧西普，這不可能！」

「快去吧，我很難受……」德莫夫隔著門說，可以聽到他走回去，在沙發上躺下了，「快去！」傳來他低沉的聲音。

「這是怎麼回事？」奧莉加．伊萬諾夫娜嚇得渾身發冷，「這病很危險！」

她沒有任何必要地拿起一支蠟燭，往自己的臥室走，這時忽然想起她要做的事，無意中看了一眼穿衣鏡中的自己。她臉色蒼白，充滿恐懼，穿著袖子隆起的短上衣，胸前堆著黃色的波紋，短裙上有一條走向特別的條紋，她覺得自己的樣子可怕又可厭。她忽然心疼起德莫夫來，心疼他對她無限的愛、他年輕的生命，甚至這張他很久沒有睡過的淒涼的床，她想起他平時那溫和、順從的笑容，痛哭著給柯羅斯傑列夫寫了一封哀求的信。這時已經是半夜兩點了。

八

七點多，奧莉加．伊萬諾夫娜從臥室出來，因為失眠，她昏沉沉的，沒有梳妝打扮，樣子不好看，臉上帶著慚愧的表情。一位留著黑色大鬍子的先生，應該是醫生，正從她面前走到外間去。空氣中散發著藥味，柯羅斯傑列夫站在書房門口，用右手撚著左邊的鬍子。

「對不起，我不能讓您進去看他，」他陰鬱地對奧莉加．伊萬諾夫娜說，「可能會傳染。再說您其實也沒必要進去，他已經語無倫次了。」

「他真的得了白喉嗎？」奧莉加．伊萬諾夫娜小聲問道。

「真應該給那些鋌而走險的人判罪，」柯羅斯傑列夫不回答奧莉加．伊萬諾夫娜的問題，嘟囔道，「您知道他是怎麼傳染上的嗎？星期二他用吸管給一個得了白喉的男孩吸

---

13 果戈里的劇作《欽差大臣》裡的僕人。

14 意思是奧西普嗓子啞了，阿爾希普嗓子啞了。

膜[15]。這是幹什麼?真蠢……真是亂來……」

「危險嗎?很危險嗎?」奧莉加.伊萬諾夫娜問道。

「是的,聽說是重症。老實說,應該請希列克。」

來了一個小個子、紅頭髮、長鼻子、有猶太口音的人,後來又來了一個高個子、有些駝背、頭髮蓬亂、樣子像大助祭的人,然後又來了一個很胖、紅臉、戴眼鏡的年輕人。這是幾個醫生來為他們的同事輪流值班。柯羅斯傑列夫值完班並沒有回家,而是留下來,像一個影子一樣在各個房間裡晃來晃去。女僕要給值班的醫生送茶,又要頻繁地往藥房跑,沒有人收拾房間。家裡靜悄悄的,愁雲籠罩。

奧莉加.伊萬諾夫娜坐在自己的臥室裡,想著這是上帝因為她欺騙丈夫而懲罰她。那個少言寡語、從無怨言、不被理解的人,溫順和氣以至於自抑,過分善良以至於軟弱,此時他正獨自在長沙發上受苦,沒有一聲抱怨。如果他出口抱怨,哪怕是胡言亂語,醫生就會明白讓他染病的不僅僅是白喉,他們就會問柯羅斯傑列夫。他知道一切,所以他看朋友妻子的眼光就像她才是真正的凶手,而白喉只是她的幫凶。此刻,伏爾加河上的月夜、求愛、在農舍中的浪漫生活,這些她全不記得了,只記得因為無端地任性胡鬧,她全身上下黏上了某種又髒又黏的東西,永遠也洗不清了。

「啊,我撒了多麼可怕的謊啊!」她想起與利雅博夫斯基糾纏不清的愛情,「願這一切受到詛咒！」

四點時她和柯羅斯傑列夫一起吃飯。他什麼都不吃，只喝紅葡萄酒，一直皺著眉頭。她也什麼都沒吃。她時而在心裡禱告，向上帝發誓：如果德莫夫康復，她會重新愛他，做個忠實的妻子。時而片刻失神，看著柯羅斯傑列夫想：「做一個沒有任何出眾之處、平平凡，又默默無聞的人難道不悶嗎？更何況臉那麼死氣沉沉的，舉止也那麼土氣。」時而她又覺得上帝馬上要殺死她，因為她怕傳染，一次也沒有到書房守著丈夫。總之，她有種遲鈍沮喪的感覺，相信生活已經毀了，無論如何也無法補救了……

飯後黑暗降臨。奧莉加．伊萬諾夫娜從臥室來到客廳，看到柯羅斯傑列夫睡在沙發上，把繡著金線的絲綢靠墊枕在腦袋下，「唏溜，唏溜」地打著鼾。

值班的醫生來來往往，沒人注意到有人躺在別人家客廳打鼾。這客廳布置得很別致，牆上掛著畫作，而女主人沒有梳妝，衣著凌亂。所有這一切都沒引起一丁點注意。有一個醫生因為什麼事偶然笑了一聲，這笑聲顯得那麼奇怪和膽怯，甚至讓人覺得有些可怕。

奧莉加．伊萬諾夫娜再次從臥室來到客廳時，柯羅斯傑列夫已經不睡覺了，而是坐在那裡抽菸。

15 白喉患者咽喉周圍覆蓋著白色假膜。

「他的白喉到鼻腔了」他壓低聲音說，「心臟已經不好了。說實在的，情況不好。」

「那就去請希列克。」奧莉加・伊萬諾夫娜說。

「已經來過了。就是他發現白喉已經感染到鼻腔了。唷，希列克有什麼呢！其實希列克沒什麼特別的，他是希列克，我是柯羅斯傑列夫——不過如此。」

時間長得可怕。奧莉加・伊萬諾夫娜和衣躺在從早上就沒收拾過的床上打盹。她覺得整個房子從地板到天花板堵著巨大的鐵塊，只要把這鐵塊推開，一切就會變得快樂而輕鬆。醒來後，她想起這不是鐵塊，而是德莫夫的病……

「Nature morte，港口……」她這樣想著，又迷糊了，「港口……療養地……希列克怎麼了？希列克，格列克，赫列克……克列克[16]。我的朋友現在都在哪裡？他們知道我們的痛苦嗎？上帝啊，求你救救……救救！希列克，罪……」

又是鐵塊……時間拖得很長，樓下的鐘頻頻敲響。不時聽到門鈴聲，這是那些醫生來了……女僕用托盤端著一個空杯子進來，問道：

「小姐，要不要把床收拾一下？」

女僕沒得到答覆，出去了。樓下的鐘在敲，她夢見了伏爾加河邊的雨，又有人走進了臥室，好像是外人。奧莉加・伊萬諾夫娜跳起來，認出是柯羅斯傑列夫。

「幾點了？」她問。

「快三點了。」

「怎麼樣？」

「能怎麼樣！我來告訴你：他去世了……」

他嗚咽起來，在床上靠著她坐下，用袖子擦去眼淚。她一下子沒明白，但隨後全身發冷，慢慢畫起十字。

「他去世了……」他用尖細的聲音重複道，又嗚咽了，「他死了，因為他犧牲了自己……這是科學多大的損失！」他痛苦地說，「他，和我們所有人相比，是偉大、又不一般的人！那麼有天賦！他讓我們大家抱著多大的希望！」柯羅斯傑列夫絞著手，繼續說，「我的上帝，他本可以成為現在打著燈籠都找不到的科學家。奧西卡[17]．德莫夫，奧西卡．德莫夫，你幹了什麼啊！啊，啊，我的上帝！」

柯羅斯傑列夫絕望地用雙手捂住臉，搖著頭。

「他又是多麼好的一個人！」他接著說，越說越對什麼人感到憤怒，「一顆善良、純潔、充滿愛的心！這人像水晶一樣純淨！為科學服務，為科學而死，日以繼夜地工作，像牛

---

16 這是一些同樣詞尾的詞，沒有連貫的意思。

17 奧西普的暱稱。

一樣，沒人心疼他！一個年輕的科學家、未來的教授，卻要找機會私人行醫，整夜地做翻譯，為了買這些……這些破爛！」

柯羅斯傑列夫帶著仇恨看了奧莉加．伊萬諾夫娜一眼，兩手抓住床單生氣地拉扯，好像都是它的錯。

「他不心疼自己，別人也不心疼他。嘿，有什麼好說的！」

「是啊，是個少有的人！」客廳裡有人聲音低沉地說。

奧莉加．伊萬諾夫娜回想起自己跟他的全部生活，從最開始到最後，包括所有的細節，她忽然明白了，這真的是一個不凡，而少有的人，跟她認識的那些人相比，是個大人物。她想起她去世的父親和所有的醫生同事是怎麼對待他的，她明白了，他們都把他看作未來的知名人物。牆壁、天花板、燈、地毯都在嘲笑地向她眨眼，好像想說：「錯過了！錯過了！」她哭著衝出臥室，在客廳裡從一個陌生人旁邊擦身而過，跑進書房，奔到丈夫身邊。他一動不動地躺在土耳其式沙發上，被子蓋到腰部。他的臉變得非常乾瘦，顏色灰黃，絕不是活人的臉色。只有從額頭、從黑色的眉毛、從熟悉的笑容才能看出這是德莫夫。奧莉加．伊萬諾夫娜趕快摸他的胸口、額頭和手。胸口還有餘溫，但額頭和手已經涼了，摸上去很不舒服。那雙半開的眼睛不是對著奧莉加．伊萬諾夫娜，而是對著被子。

「德莫夫！」她大聲叫著，「德莫夫！」

她想跟他解釋，過去的一切都錯了，一切還沒有失去，生活還可以美好和幸福，像他這樣的人很少見，他不凡，而偉大，她會一輩子崇拜他，膜拜他，對他感到神聖的敬畏……

「德莫夫！」她叫著，拍著他的肩膀，不相信他已經永遠不會醒來了，「德莫夫，德莫夫啊！」

柯羅斯傑列夫在客廳對女僕說：

「還有什麼可問的？您去教堂的門房問問那些養老院的老太婆住在哪裡。她們會擦身、裝殮，該做的事她們都管。」

安東・巴甫洛維奇・契訶夫年表

一八六〇年一月二十九日（俄曆一月十七日）出生

契訶夫出生於俄國南部的塔甘羅格市。

祖父曾為農奴，在廢除農奴制前從地主手裡贖回了自己和家人。父親是一個開雜貨店的小商人，經濟拮据，一家人艱難度日。

契訶夫有四個兄弟和一個妹妹。其中哥哥尼古拉是畫家，妹妹瑪莎一直照顧契訶夫的生活，後擔任雅爾達契訶夫紀念館的館長，終身收集契訶夫的文稿，並加以整理。

一八六八－一八七九年（八－十九歲）

契訶夫在故鄉的學校讀書，十三歲時第一次接觸了戲劇，十五歲時和家人、同學一起組成了一個小型的業餘劇團。

在此期間，父親破產，家人遷往莫斯科，契訶夫和一個弟弟留在故鄉，直到中學畢業。

一八七九年（十九歲）

契訶夫考入莫斯科大學醫學系。

一八八〇年（二十歲）

為了生計，契訶夫在幽默雜誌《蜻蜓》上發表了處女作〈致有學問的鄰居的信〉。此後，他開始以安東沙・契洪特等筆名在多家幽默刊物發表作品，其中發表作品最集中的是《花絮》雜誌。

一八八四年（二十四歲）

契訶夫從莫斯科大學醫學系畢業，取得行醫資格。同年，他有了咳血的症狀。

一八八五年（二十五歲）

契訶夫結識了《新時報》總編A・C・蘇沃林。蘇沃林是契訶夫生命中一位很重要的朋友，《新時報》發表了契訶夫很多重要的作品，是他的「第一道光芒」。

在這段時間裡（一八八〇—一八八五），契訶夫僅僅為了稿費進行著半機械式的寫作，不僅不覺得自己有才華，甚至還有些鄙夷自己的工作。

一八八六年（二十六歲）

契訶夫以筆名出版了自己的第一部小說集《形形色色的故事》。這一年三月，契訶夫收到老作家格里戈羅維奇的一封信，信中對他的才華大加讚賞，同時希望他以更鄭重的態度對待創作。這件事對契訶夫的影響很大，他在回信中寫道，「您的信如雷電般擊中了我」，此後其創作由幽默文學轉向嚴肅文學。

一八八七年（二十七歲）

出版小說集《在黃昏》、《無傷大雅的話語》。

一八八八年（二十八歲）

出版小說集《故事集》。這一年，小說集《在黃昏》獲得俄羅斯科學院普希金獎，這使他在那個時代的文學界擁有了舉足輕重的地位。

一八八九年（二十九歲）

發表〈沒意思的故事〉。這是契訶夫創作中期分量很重的一個作品，其題材、主題和風格已經顯現出鮮明的契訶夫特色。

一八九〇年（三十歲）

出版小說集《陰鬱的人》。

這一年的三月，契訶夫結識了麗卡·米齊諾娃，這是一位在契訶夫生活中留下重要印記的女性，通常被認為是《海鷗》女主角妮娜的原型。

同一年，哥哥尼古拉因肺結核病去世，對契訶夫造成了不小的打擊。尼古拉去世後，契訶夫固執地前往薩哈林島，完成了帶有社會考察目的的薩哈林島之行（薩哈林島是沙俄時代的流放地）。

契訶夫於四月離開莫斯科，經過兩個多月跨越西伯利亞的行程，於七月到達薩哈林島。在島上的考察持續了三個月，他於十月離島，返程取道海路，於十二月回到莫斯科。

與這次海上航行的見聞和印象有直接關聯的小說〈古謝夫〉於同年十二月發表於《新時報》。這次艱苦而漫長的旅行對契訶夫的身體造成了不小的損耗。

一八九一年（三十一歲）

契訶夫與蘇沃林一起進行了第一次歐洲之行，在奧地利、義大利和法國遊歷，走訪了維也納、威尼斯、佛羅倫斯、羅馬、那不勒斯和巴黎。此前他從未離開過俄國。

一八九二年（三十二歲）

一月，契訶夫發表了〈跳來跳去的女人〉。契訶夫的好友，畫家列維坦認為小說內容對他有所影射，因此一度與契訶夫中斷來往。

三月，契訶夫攜全家從莫斯科遷往美里霍沃莊園居住。這是作家耗盡所有錢財購買的一處房產，他很高興，因為再也不用交房租了。

十一月，發表中篇小說〈第六病房〉。這篇小說有明確的社會批判指向，社會迴響強烈。

一八九三年（三十三歲）

經過幾年的準備，契訶夫完成長篇旅行筆記《薩哈林島》並加以發表。

一八九四年（三十四歲）

契訶夫進行了第二次歐洲之行。

同年，發表〈黑修士〉、〈文學老師〉等作品。〈黑修士〉的創作靈感與契訶夫在美里霍沃莊園生活的體驗有關，這一時期契訶夫對某些神祕經驗產生了興趣。

一八九五年（三十五歲）

契訶夫第一次前往亞斯納亞·波良納，拜望他崇敬的作家列夫·托爾斯泰。

同年，發表〈脖子上的安娜〉、〈有閣樓的房子〉等。

契訶夫在美里霍沃莊園裡創作了戲劇《海鷗》。至今在美里霍沃莊園還可看到一座精緻的小木屋，這是契訶夫寫作《海鷗》的地方，被稱為「海鷗小屋」。

一八九六年（三十六歲）

《海鷗》在彼得堡首演失敗，這是契訶夫創作生涯中罕見的一次挫折。

一八九七年（三十七歲）

三月，在莫斯科時，契訶夫肺結核病發作，大量吐血。病情緩解後，他於秋天出國，這是契訶夫第三次歐洲之行。

一八九八年（三十八歲）

《海鷗》在莫斯科藝術劇院的首演大受歡迎。首演時，契訶夫與女演員О·Л·克尼別爾相識，這是他後來的妻子。

同年，發表同一系列的三篇短篇小說——〈套中人〉、〈醋栗〉、〈關於愛情〉，後又發表了〈約內奇〉等。

秋天，已經無法適應俄國中部冬季氣候的契訶夫前往克里米亞半島的雅爾達過冬，在雅爾達得知了父親去世的消息，這對他是一個沉重的打擊，促使他決定放棄美里霍沃莊園。

他在給朋友的信中寫道：「父親去世以後，美里霍沃的好日子也過去了。」「我覺得對母親和妹妹來說，美里霍沃的生活失去了全部魅力，我必須為她們營造一個新的窩。這是一定的。因為我不會再在美里霍沃過冬，而在鄉下沒有男人是不行的。」

一八九九年（三十九歲）

契訶夫與出版商А．Ф．馬爾克斯簽訂了出版作品集的合約。同年，作品選集第一卷得以出版。

這一年在雜誌上發表的小說有：〈寶貝〉、〈新別墅〉、〈帶小狗的女士〉等。列夫．托爾斯泰對〈寶貝〉這篇小說非常欣賞，說它寫得簡潔而精巧，「像一顆珍珠」。

秋天，契訶夫正式惜別美里霍沃莊園，遷往雅爾達療養。

一九〇〇年（四十歲）

契訶夫當選俄羅斯科學院榮譽院士。

同年十二月，他再次前往歐洲旅行。

一九〇一年（四十一歲）

《三姊妹》在莫斯科藝術劇院首演。

同年，契訶夫與О．Л．克尼別爾結婚。

一九〇二年（四十二歲）

為聲援高爾基，契訶夫發表聲明，放棄了俄羅斯科學院榮譽院士的稱號。

同年，發表小說〈主教〉。這篇小說探討了「死亡」的體驗，彌漫著惆悵寂寞的情緒，表現了對人世的留戀。

一九〇三年（四十三歲）

契訶夫發表了他生命中的最後一篇小說〈未婚妻〉，並完成了最後一部劇作《櫻桃園》。他最後的這兩部作品中透露出時代劇變即將到來的強烈信號。

一九〇四年（四十四歲）

《櫻桃園》在莫斯科藝術劇院首演，演員在舞臺上為契訶夫慶祝了四十四歲生日。

六月，他與妻子啟程前往德國療養地巴登維勒。

七月十五日（俄曆七月二日），契訶夫在巴登維勒去世。契訶夫的靈柩運回莫斯科後，於七月二十二日安葬於新聖女公墓。

作者簡介

安東・巴甫洛維奇・契訶夫（Антон Павлович Чехов, 1860-1904）

俄羅斯文學巨匠，被譽為「世界短篇小說之神」。

十九歲考入莫斯科大學醫學系。二十歲發表處女作，此後筆耕不輟。二十二歲結識雜誌主編列依金，對方要求他一篇作品不能超過一百個句子，這讓他的寫作愈發簡短精悍。

二十四歲大學畢業，取得行醫資格，行醫中的所見所聞成為他日後重要的創作源泉。二十六歲時，出版第一部小說集《形形色色的故事》，備受文壇矚目。二十八歲，小說集《在黃昏》獲俄羅斯科學院普希金獎。三十二歲，發表〈第六病房〉，引發社會強烈迴響。

三十七歲，肺結核病發作，大量吐血。病情緩解後，於秋天出國，這是他有生之年第三次歐洲之行。

四十歲，當選俄羅斯科學院榮譽院士。四十一歲，戲劇《三姊妹》大獲成功，同年與該戲女主角結婚。

四十三歲，發表絕筆小說〈未婚妻〉，並完成最後一部劇作《櫻桃園》。四十四歲在德國療養時因病逝世，靈柩運抵莫斯科之際萬人空巷。

契訶夫如彗星劃過人間，他一半時間生病，一半時間寫作、建造花園和旅行。他生前曾說：「如果不寫小說，我願意當一個園藝師。」

譯者簡介

路雪瑩

俄羅斯文學博士。

研究課題即為契訶夫小說。曾旅居莫斯科，其間多次造訪契訶夫的美里霍沃莊園。

小公務員之死：契訶夫經典小說集 / 安東・巴甫洛維奇・契訶夫著；路雪瑩譯 . -- 初版 . -- 臺北市：時報文化出版企業股份有限公司 , 2025.09
224 面；14.8×21 公分 . --（愛經典；90）
ISBN 978-626-419-762-5（精裝）

880.57 114011411

以俄羅斯科學出版社 1974 年版《契訶夫作品和書信三十篇》為底本
另參考俄羅斯真理報出版社 1981 年版《契訶夫短篇和中篇小說集》

作家榜经典名著
读经典名著，认准作家榜

ISBN 978-626-419-762-5

Printed in Taiwan

愛經典0090
小公務員之死：契訶夫經典小說集

作者—安東・巴甫洛維奇・契訶夫｜譯者—路雪瑩｜編輯—邱淑鈴｜企畫—張瑋之｜封面設計—朱疋｜校對—邱淑鈴｜總編輯—胡金倫｜董事長—趙政岷｜出版者—時報文化出版企業股份有限公司 108019臺北市和平西路三段二四〇號四樓 發行專線—（〇二）二三〇六—六八四二 讀者服務專線—〇八〇〇—二三一—七〇五、（〇二）二三〇四—七一〇三 讀者服務傳真—（〇二）二三〇四—六八五八 郵撥—一九三四四七二四時報文化出版公司 信箱—10899臺北華江橋郵局第99信箱 時報悅讀網—http://www.readingtimes.com.tw｜電子郵件信箱—new@readingtimes.com.tw｜法律顧問—理律法律事務所 陳長文律師、李念祖律師｜印刷—家佑印刷有限公司｜初版一刷—二〇二五年九月五日｜定價—新台幣四〇〇元｜（缺頁或破損的書，請寄回更換）

時報文化出版公司成立於一九七五年，並於一九九九年股票上櫃公開發行，於二〇〇八年脫離中時集團非屬旺中，以「尊重智慧與創意的文化事業」為信念。